LIVE　警察庁特捜地域潜入班・鳴瀬清花

内藤 了

角川ホラー文庫
23670

目次

【主な登場人物】

鳴瀬《なるせ》清花《さやか》　特捜地域潜入班へ出向させられた神奈川県警の刑事。好物はグミ。
土井《どい》火斗志《ひとし》　特捜地域潜入班の班長。好物はインスタント麺《めん》。
万羽《まんば》福子《ふくこ》　特捜地域潜入班の後方支援室通信官。
丸山《まるやま》勇《いさみ》　特捜地域潜入班の連絡係兼生活安全局の指示待ち刑事。祭りと蝶《ちょう》が好き。

返町秀造《そりまちしゅうぞう》　清花の元上官。警察庁刑事局刑事企画課課長。

木下《きのした》勉《つとむ》　清花の元夫。
木下桃香《ももか》　清花の一人娘。

——私は　死んだ後でも生き続けたい。

アンネ・フランク——

プロローグ

さほど高い山ではない。そうは言っても、踏み入ってしまえば左右から迫る尾根と木立に遮られ、街も陸奥湾《むつわん》も見下ろすことができなくなった。車一台がかろうじて通れる幅の道は無舗装で、真ん中に草が生え出している。山は静かで風の音がよく聞こえ、パラパラと落ち葉が舞っていた。冬隣《ふゆどなり》に吹く風を木枯らしと呼ぶのはこのためか、などと考える。正午を過ぎると陽射しは早くも斜めになって、木々の紅葉がとりどりに光った。それにカメラを向けながら山鳥の声に耳を傾けていると、頭部から尻尾《しっぽ》の先までを一直線にして道の向こうをリスが横切っていくのが見えた。キョキョキョキョキョキョ、と鳥が鳴き、風は豪勢に木の葉を散らす。

リスを撮影したくて行方を探していると、ブブー、ブブー、ブブーと胸ポケットでスマホが震えた。男はカメラを小脇に抱えてジャンパーからスマホを引き出し、画面を見るなり舌打ちをした。相手が母親とわかったからだ。

軽く首を振ってから耳に当て、スマホに呟《つぶや》く。

「……なんだべ？」

応《こた》える母親の声はいつも甲高い。そうしなければ話が通じないとでもいうように、大声でまくし立ててくる。

「せば、印刷会社のお嬢がおってさ、三十二だじゃ」

いきなりそんなことを言う。逃せば次はないと思うのか、威圧的な声である。当の本人が山に入って趣味の写真を撮っているのに、母親は婚活支援の集まりに参加して、懸命に息子の結婚相手を探しているのだ。

印刷会社の娘だって？

また肩書きに惹《ひ》かれたな、と、男は思う。

母親が参加している婚活会場には当人たちが来ていない。息子や娘の写真や履歴書を持った親が集まり、見合う相手を物色するのだ。結婚すれば親戚《しんせき》同士になるわけだから、子供を知るために親を知るというのも一理ある。が、そうまでして結婚したいとは当人が思っていないのだ。大恋愛で結ばれるならともかく。

そんなことを言っているからいつまで経ってもおまえはダメなんだと、母親は本気で怒った。そもそも自由恋愛できるなら、こんな歳まで独りでいるはずなかろうと。

自分と親とで結婚に関する価値観はかけ離れている。自由奔放な独身生活を犠牲にしてまで結婚するなら、そうしてもいいと思える相手でなければ嫌だ。ただそれだけのことを理解しようともしない。無駄な努力にいくら会費を払っているのか、情けなさと腹立たしさを同時に感じる。

周囲に人がいるらしく、母親は急に声をひそめた。

「別嬪《べっぴん》じゃねえけど頑丈そうだは、な（おまえ）もここらでけっぱらねど、さだだこくはんで気を付けながあ」

いい加減、本気で頑張らないと困ったことになるぞと脅してくる。困ったことなどひとつもないし、そもそも母親は自分の女性の好みを知らない。

「めぐせえ（恥ずかしい）はんでやめてけじゃって言っとろが」

「なにがめぐせえ。なが嫁子連れてくりゃ、わ（私）がへずねんでいいだは」

「嫁子嫁子とさすねえ（うるさい）じゃ」

「わいは！　こんガキ、かちゃましか」

「おろ〜、わが嫁子、なが見つけて来ても、わは会わねえかんな！」

母親はまだ騒いでいたが、男は通信を切ってしまった。

いい歳をして、山の中で、大声でケンカした相手が母親だとは。

スマホをポケットに入れたとき、結婚話のひとつもないまま四十を超えた自分は傍《はた》目《め》にどう見えるのだろうと考えて溜息《ためいき》を吐いた。女性が嫌いなわけじゃない。交際相手もいたのだが、なんとなく結婚のタイミングを逃して、気付けば独身生活に慣れ切っている自分がいた。好きなときに寝て好きな時間に起きる。部屋が散らかっていても気兼ねはないし、洗濯はコインランドリー、食事はコンビニで事足りる。趣味の写真を投稿サイトにアップすれば共通の趣味を持つ仲間と話ができるし、淋《さび》しい夜はSNSを利用すれば誰かが相手をしてくれる。今さら結婚するのなら、同じ趣味を持つ控え目で礼儀正しい女性がいい。互いの領分を決して侵さず、穏やかで微笑みに満ちた生活を送る。休日は一緒に山歩きをし、平日は交替で家のことをやり、互いを思い遣《や》りながら一緒に老いる。そんな結婚なら、してもいい。

「どこさいるてか、そんな女《めえ》が」

彼は自分を嘲笑《あざわら》う。母親は自分が老いたときのことを心配しているだけなのだ。息子が家庭を持たないと、老いても面倒をみてもらえないから、懸命に嫁を探している。身体が丈夫で同居を厭《いと》わず、子供を産むのに遅くない年齢であることが条件だ。当人同士の好みなど最初から考慮に入っていない。

バサバサバサ！　と音を立て、何かの鳥が飛び立った。舞い散る木の葉を透かしてみると、それはカラスの一群で、火事場から舞い上がる灰のように鳴き声も立てずに旋回している。わずかな間に陽射しは陰り、空を薄雲が覆い始めた。陽に透けて美しかった紅葉も鮮やかさを失って、カメラをどちらへ向けても絵にならない。

彼はレンズに蓋《ふた》をして無舗装の道を登り始めた。道の左右には山との間にわずかな平地が見て取れる。草ボウボウで見る影もないが、斜面を切り崩してあることから、かつては畑か水田だったようである。

そうだとすればこの道はどこかの集落へ続いているのかもしれない。

自然の懐を借りて慎ましくも逞《たくま》しく生きる人々の暮らしが大好きだ。それを撮影したいと思ったら淋しい山に入って行く必要があるけれど、その時間も含めて心の洗濯になる。靴が落ち葉を踏みしめる音を聞きながら歩いていくと、空を旋回していたカラスの群れが重なる尾根の向こうへ消えた。カアー、カアーと鳴く声がして、ゴロゴロと雷鳴がとどろいた。心なしか風も冷たくなってきた。天気が崩れる兆候だ。

カーブの先まで歩いて行って、何もなければ引き返そう、と心に決めて急いでみると、本道から分岐した細道が山のほうへと向かっているのに気がついた。山は中腹あたりに竹藪《たけやぶ》があって、竹藪の前に古い民家が建っている。集落ではなく一軒家だが、敷地を含めかなりの広さがあるようだった。細道の先に石垣を組み上げ、さらに土塀を築いた上から母屋の屋根が覗《のぞ》いて見える。正面には黒い立派な門があり、木戸は閉ざされていた。侵入するのは猿かイノシシか熊くらいだろうに、真っ昼間にこんな山奥で門を閉ざしているのは珍しい。

男は屋敷にカメラを向けたが、アングルに写り込むのは黒門と、土塀から覗く屋根だけだった。彼は周囲を見回して草だらけの畑へ踏み入った。

ゴロゴロゴロ……と空が鳴る。

屋敷の後ろにそそり立つ竹藪に黒雲が迫って来る。

男は草を掻《か》き分けて畑を突っ切り、大急ぎで向かいの山へ這《は》い上って行った。雑木の枝を手で掴《つか》み、重い身体を引き上げる。砂利道を挟んで山と山とが向き合っているので、そちらの山に登れば土塀の奥が覗けるはずだ。

ミステリアスな佇《たたず》まいの一軒家に彼は激しく惹かれていた。山奥に忽然《こつぜん》と現れた古い屋敷は伝承のマヨヒガそのものだ。マヨヒガとは人里離れた場所にたまさか現れる立派な屋敷で、黒い門があるという。訪れた者が大声で呼ばわっても返答はなく、敷地内部へ踏み入ると庭に紅白の花が咲き、鶏が遊んで家畜もいるのに人影はない。建物内部へ入ってみれば座敷に膳《ぜん》が置かれて鉄瓶には湯がたぎっている。それなのに、人の気配だけが全くないのだ。大抵の者は薄気味悪くなって逃げ出すが、屋敷から何かひとつを持ち帰れば富を得るとも言われている。

寂れた道の奥に佇む黒門の屋敷は、そのマヨヒガさながらだ。土塀の内部を覗いてみたい一心で男は懸命に斜面を登った。

このあたりまで登ればよかろうと足場を定めて振り向くと、予想どおり土塀内部の敷地が覗けた。庭に紅白の花はなかったが、立派な母屋はよく見えた。寒冷地特有の分厚い屋根は茅葺《かやぶ》きで、煙抜きの工夫がされている。巨大な平屋の曲屋《まがりや》で、山側には蔵がある。敷地は六百坪を超えるだろうか。マヨヒガ同様に人影はない。

男はカメラを構えて写真を撮った。山の向こうで稲妻が光り、黒雲が雨となって落ちるのがわかった。かたや男の頭上では雲が割れ、そこから陽射しが差し込んできた。降る雨はささやかで、陽射しにキラキラ光っている。黒雲を背負った古い屋敷は灰色に霞《かす》んでいるのに手前の草地は陽射しで金色に輝いているとは、なんて不思議な光景だろう。

夢中になってシャッターを切っていると、にわかに風が強まって、屋敷の背後で山が撓《たわ》んだ。蹴散《けち》らされた雀のように竹の葉が舞い上がり、藪全体が大きく揺れる。まるで幽霊がザンバラ髪を振り乱しながらおいでおいでをしているようだ。差し込んでいた光がふいに消え、雷鳴が駆け足で近づいて来る。サラサラ降っていた雨は大粒になり、ポツンポツンと身体で跳ねた。それでもまだシャッターを切ってから、男はようやく戻ることにした。

雨に濡《ぬ》れた急斜面は滑って危険と、カメラをジャンパーの中に抱き、フードを被《かぶ》って手近な木の枝を摑んだとき、視線を感じて顔を上げた。

黒門の屋敷へと続く細道で、白い人影が動いた気がした。

バタバタバタ、と雨がフードを叩《たた》き始める。

眼球を濡らす雨粒を瞬《まばた》きで追いやりながら視線を凝らすと、緩やかに蛇行して山肌へ向かう細道に、やはり人影があるようだった。しかし、ただの人影には思えない。

彼は手の甲で目をこすり、首を伸ばしてよく見ようとした。その人は白い着物を身につけている。さらに白いかぶり物をしている。手ぬぐいだろうか？　いや、違う。うつむいて、顔はこちらに向けられている。

「……あ……っ」

と奇妙な声が出たのは、それが綿帽子を被った白無垢《しろむく》の花嫁とわかったからだ。いや、そんなはずないと目をしばたたき、顔を上げてもう一度見ると、やはり花嫁だった。男のほうへ身体を向けて、ヘソのあたりで重ねた手には房付きの扇子を握っている。付き添いはなく、花婿もいない。綿帽子が顔を隠して口元しか見えないが、真っ赤に紅を引いた唇が笑うでもなく結ばれている。

「なんぼ」

と彼は呟《つぶや》いて、雨に霞んだ目をこする。そうして再び屋敷を見ると、綿帽子の花嫁から少し離れた場所に別の花嫁が立っていた。

ヒュウヒュウと風が鳴り、竹藪が身体を揺さぶっている。黒雲は天を駆け、雨は激しさを増していた。そちらの花嫁は文金高島田《ぶんきんたかしまだ》に黒留袖《くろとめそで》だ。次第に強くなってきた雨が斜面に踏ん張る足を濡らして、靴に雨水が染みてくる。それでも男は動けずに、

「……なんぼさ……」

と屋敷に向けて呟いた。

また花嫁が増えている。色打掛に角隠し。黒留袖に真っ白なベール。長く裾《すそ》を引く純白のウエディングドレス。彼女たちの細長い姿は屋敷を取り囲むようにして増えていく。風で竹藪が撓んでも、血のような紅葉が濡れそぼっても、花嫁たちは消えていかない。立ったまましんみりとこちらを見つめている。紅を塗った唇が土塀に飛び散る血のようだ。一人、二人、三人、四人……六人まで数えたところで男は突如ゾッとした。現実じゃない。こんなところに花嫁がいるはずはない。

金縛りに遭ったように動けなくなって、彼は枝を摑んだ手が雨に濡れる感覚だけにすがった。そうでなければ魂が吸い出され、花嫁たちのところへ飛んで行ってしまいそうだった。何度瞬きしても花嫁は消えず、増えていくようにも、変わらぬようにも思われた。無意識のうちに息を止め、瞬き以外はすることもなく、何秒経ったか、何分か……そのとき空が紫に裂け、どこか遠くに稲妻が落ちた。

バリバリバリ！　と空気が震え、男はたまらず目を閉じた。

そして再び目を開けたとき、茅葺きの古い屋敷が雨に叩かれている以外、何も見えなくなっていた。はあーっと息を吐くと全身の力が抜けた。とたんに泥と雨水で足下が滑り、尻餅《しりもち》をついて斜面を落ちて、ようやく止まった。

向かいの山肌に見えるのは、石垣と土塀、黒門と茅葺きの屋根だけで、竹藪はまだ頷《うなず》くかのように揺れていた。

――じょっぱり@素人カメラマン　@jyoppy-kameradaisuki

俺はいったいなに見たの？　この謎に心当たりのある人求む。

山奥でマヨヒガ見つけて喜んでたら、まさかの花嫁幽霊に遭遇！　あまりの恐怖で撮影できず。でも、絶対に夢じゃない。

――じょっぱり@素人カメラマン　@jyoppy-kameradaisuki

撮影場所は野辺地《のへじ》山間部の道路から奥へ入った先です。土地の伝説でもなんでもいいから、この奇妙な現象に心当たりのある人は教えてください。

ＳＮＳの呼びかけへの反応は、愚にもつかないオカルト好きからの『見に行きたいから具体的な場所を教えろ』という問い合わせだけだった。

第一章　ドングリ虫の町

廊下の壁に飾られている家族写真が一枚増えた。

先頃の運動会で、近くにいた人にお願いして、家族みんなで撮った写真だ。

それは桃色のフレームに入れられて入学式の写真の隣に飾られている。

娘と玄関へ向かうとき、警察庁特捜地域潜入班に出向中の鳴瀬《なるせ》清花《さやか》は足を止めて写真を見つめた。自分と夫の勉《つとむ》と娘の桃香《ももか》、そして義母《はは》が笑顔で写っている。娘と義母は満面の笑みだが、自分と夫の微笑みは、やはり、どことなくぎこちない。無意識に額の曲がりを直していると、

「ママ早くーっ」

と、靴を履きながら娘が急《せ》かした。

十一月の神奈川は紅葉の季節だ。朝晩は冷えを感じるようになってきたが、お日様

が出ている間は暖かくて気持ちがいいので、日曜日はひとり娘の桃香と一緒にマンション近くの公園を散歩しようと約束してあったのだ。

地域の人が『森《もり》の三角《さんかく》公園』と呼ぶ一帯は草地の随所に落ち葉が載って、葉陰にドングリが転がっている。踏まれて割れたものも多いけど、目線が低い子供は森の落し物をよく見つけ、公園に着くなり無傷のドングリ拾いに夢中になった。小さい両手に持ちきれなくなると駆けてきて、拾った木の実を母親の手に置いていく。つやつやのドングリは丸かったり細長かったり、かぶった帽子が縞模様《しまもよう》だったり、ウロコ状だったりと様々だ。フラダンスの腰蓑《こしみの》のような帽子もあって、ドングリってこんなに多彩だったろうかと清花は思う。自分が子供だった頃なんて、丸いのと長いのと二種類くらいしか意識していなかったけど。

中空に目を転じれば、葉陰にまだドングリが実っている。青々として端正な実は作り物のようにかわいらしくて、リスや子供でなくとも集めたくなる。

「マーマー」

桃香がはしゃいで駆けてきて、またも木の実を置いていく。六歳の子の小さな手にはせいぜい数個しか入らないのだけれど、拾っては届けにくるので清花の両手は一杯だ。

「こぼれそう。入れ物を持ってくればよかったわね。それか、少し捨てていく？」

「ダメ！」

と、桃香は即座に答えた。

「だって、これはパパの分でしょ？　それからこっちは『ばあば』の分で、わたしの分と、ママの分……」

やっぱりこぼれそうだと思ってか、桃香は少し考えて、

「ママ、ポケットに入れたらどう？」

と、ジャケットに指をかけ、清花のポケットに木の実を入れようとした。

「待って、待って」

と、清花は遮る。地面に落ちていたものを、しかもこんなにたくさん、直接ポケットに入れるのはイヤだ。仕方がないのでハンカチを出してくれるよう桃香に頼み、広げてその上にドングリを載せた。

「これならいいわ。持って帰って何か作るの？」

訊《き》くと桃香は首をすくめた。拾った後のことは特に考えていないのだ。ヤジロベエとかコマとか人形とか、ドングリで作るおもちゃがあったはずだけど、清花はやり方がわからない。（丸山《まるやま》くんなら作れそうだけど）と、清花は出向先で同僚になった丸

山勇《いさみ》のことを思った。虫が好きで子供が好きで、遊びすら自在に考え出してしまう彼ならきっと、ドングリの使い道を知っているはず。毎日顔を合わせるわけでもないので、どうしているかなと、ふと思い、勇が嬉々《きき》としてドングリを拾う姿を思い浮かべて笑ってしまった。

公園には親子連れが多くいる。子供同士で遊べばいいと思うのに、休日の子供のほとんどが親の近くを離れようとしない。それほどに親と遊べる時間は貴重なのだろう。桃香もとても楽しげで、キノコをみつけたとか、葉っぱの裏に虫がいたとか、些細《ささい》なことを報告しに来る。とてもけなげでいじらしい。子供が子供でいられる時間は短いと、新しい上司に言われたことを思い出す。

清花は最近離婚した。刑事の仕事のストレスを家庭に持ち込むまいと気を張るあまり、家族と距離を取ったことが裏目に出たのだ。いや、それは言い訳で、家庭より職場に重きを置いて、家庭人として楽をしていたツケが回ってきたのだ。気がつけば夫と自分は、もはや夫婦ではなくなっていた。母親と父親ではあるけれど。

午後二時を過ぎると風が冷たくなってきたので、

「帰っておやつ食べようか」

と問うと、桃香は素直にドングリをハンカチに包んだ。鼻水をすすって手に持つと、

「おやつ、何かな」

と訊いてくる。用意するのが清花なら鯛焼《たいや》きでも買って帰るところだけれど、おやつはいつも同居する義母の手作りだ。

「何かな？　『ばあば』はおやつ作りの天才だもんね」

「ばあば天才！　ジャガイモ餅《もち》だったらいいな」

「あれ美味《おい》しいもんね。そうだといいね」

「うん」と、桃香は頷いて、「おなかがペコペコリン」と、歌い始めた。

次の日曜日には小学校の音楽会がある。プログラムはまだ配布されていないのだが、親は子供がなにを演奏するのか知っている。鍵盤《けんばん》ハーモニカの練習音を毎日聞かされているからだ。一年生の桃香が歌うのは『太陽のサンバ』で、合奏は『チビッコあおむしのうた』だ。合唱曲ではないのだけれど、桃香は『チビッコあお虫のうた』にぞっこんで、このところはご飯の前にもおやつの前にも『おなかがペコペコリン』と歌っている。毎日聞かされているうちに、清花もすっかり覚えてしまった。

寝坊しすぎて冬を迎えるタイミングで卵から孵《かえ》り、硬い葉っぱを食べて育とうとする青虫の歌である。

「葉っぱは縮れて硬くなり～、北風が～、ぴうぴうと～」

「あお虫のほっぺを叩《たた》きます〜」

手をつないで歌いながらマンションへ向かう。

夫の勉と離婚したばかりというのに、こんな時間や、心のゆとりが持てていることを、清花はとても不思議に思う。離婚届は提出したが、二人は桃香のために同居を続ける選択をしたのだ。義母にもまだ離婚の事実は伝えていない。今までと同じように暮らしながらも、清花は家賃と食費と光熱費を勉に払い、勉はそれを『桃香貯金』に入金している。寝室は今まで通りだが、勉との間に娘が眠る。やがて桃香が自分の部屋を欲しがるようになったら、先のことを相談しようと決めている。

夫の姓だった『木下《きのした》』を捨て、旧姓の『鳴瀬』に戻したことは清花なりのけじめだったが、今のところ新しい関係は思いがけず快適だ。懸命に抱えていたものを思い切って手放したら、本当に必要なものだけが残った感じ。最後まで清花が手放したくなかったものは、夫でも家でも妻という肩書きでもなく、桃香だったと気が付いた。それは勉も同じだろう。けれどもそんな娘さえ、いつかは自立し、巣立っていく。小さくて温かい手を握り、そのとき自分に残るのは何なのだろうと清花は思う。

「あのね、ミチオくんちはパパが音楽会に来ないんだよ」

マンションが見えてくると、唐突に桃香が言った。ミチオくんは別の階に住んでいる友だちだ。

「そうなの?」

深い意味もなく聞くと、桃香は足を止めて清花を見上げた。

「リコンしたから来ないんだって。音楽会に来るのはねー、ミチオくんのママとおじいちゃんと、おばあちゃん」

指折り数える娘を見ると、胸にチクリと痛みを感じた。

「そうなんだ……」

なんと答えたらいいのだろうか。この子はどういうつもりでそういうことを言うのだろう。考えていると娘は三本指を立て、

「でも、おあいこだね」

と、清花に笑った。

「何がおあいこ?」

「ミチオくんのお家《うち》は三人来るでしょ? 桃香のお家もママとパパとばあばで三人でしょ? だからおあいこ」

清花は膝《ひざ》を折って地面にしゃがみ、娘と視線の高さを合わせた。

「そうかー。どっちも三人だね、よくわかったね」

桃香は嬉《うれ》しそうに頷《うなず》いた。本当に言いたかったのはミチオくんの家の事情じゃなくて、ママに必ず音楽会に来て欲しいということだ。行くと言ってあるのに、まったく信用していない。約束してもすっぽかす、入学式でさえ途中で抜けた、ずっとそんなママだったのだから当然だ。

「ママも見に行くよ。チビッコあお虫の鍵盤ハーモニカ、頑張っているもんね」

「うん」

と、桃香はにっこり笑う。清花が立ち上がって手を取ると、大きく腕を振りながら、

「北風がーっ、ぴうぴうとーっ……」

と歌い始めた。いじらしさに胸が詰まった。

最近まで、清花は県警本部の女性警部補として出世コースを駆け上がっていた。むくつけき男たちを部下に従えて、舐《な》められないよう絶えず虚勢を張り続けていた。事件が起きれば陣頭指揮を執り、上層部との交渉では盾となり、被害者のために怒り、加害者を憎んだ。その結果、被疑者を自死させる失態を演じて閑職に追いやられたのだった。『罪を憎んで人を憎まず』という言葉は知っている。警察官としてそうあるべきだとも思う。けれど清花は今もなお、自死した被疑者を許せずにいる。彼は妻を殺したばかりか実の息子まで手に掛けた。そんな男を憎んだ自分が悪いとは思えない

し、許せるはずなどさらにない。せめて私が怒らなかったら、被害者の無念はどうなるのだろう。そんなふうに考えてしまうのだ。『神奈川県警からの出向』という名目の左遷先は警察庁で、はみ出し者ばかりで創設された新部署だ。固定オフィスはなく、活動拠点は古いキャンピングカーで、誰もやりたがらない未解決事件《コールドケース》を扱っている。しかも現地に潜入し、民間人になりきって。

「……ふふ」

空を仰いで苦笑した。

その部署では、土井《どい》という珍妙な男がボスをしている。『子供が子供でいられる時間はすごーく短い』と言ったのは彼だ。限られた時間なのだから精一杯に子供と向き合うべきだと背中を押され、それ以来、懸命に桃香と向き合っている。

子供と過ごす時間は凶悪犯を追うこと以上に価値を持つのか、そもそも比べる自分が変なのか、心の整理はまだつかず、全身全霊を傾けた仕事で失敗したという悔しさが今も胸を刺すけれど、よかったことだけを拾い集めて行く先に、出世と別の生きがいを見つけられたらそれでいい。そうあるようにと願っている。

「春が来てーっ、そよ風がーっ、あお虫坊やを起こします」

坊やはびっくり、きれいな羽が……という桃香の一番好きな歌詞まで行き着いたとき、マンションのエレベーターホールでドアが開いた。

清花たちが暮らすマンションは義母《はは》の多大な援助で購入できた物件だ。入居と同時に同居が始まり、家事の主導権は義母に移った。以前はそれが気兼ねだったけど、離婚して『隠れ居候』の身となれば彼女の見事な家事の手腕に感動できる自分もいて、心なしか距離が縮まったように思われる。玄関を開けると砂糖醤油《じょうゆ》の匂いがして、

「ばあば、ただいまーっ！　おいしい匂いがするーっ！」

と、桃香は靴を投げ出して框《かまち》に上がった。

キッチンからエプロン姿の義母が顔を出し、

「桃ちゃん、おかえり。手を洗ってこなくちゃだめよ」

と、孫娘に言った。玄関から清花も続ける。

「脱いだら靴を揃えなさいって言ったでしょ」

「はーい」

戻ってくると、娘はスニーカーを揃えて洗面所に消えた。ハンカチに包んだドングリは握ったままで持って行く。

「お義母《かあ》さん、帰りました」

上がり框で声をかけ、自分が脱いだ靴も揃えた。玄関が狭いので、きちんとしておかないと場所を塞《ふさ》いでしまうのだ。マンションに備え付けの下駄箱は床との間に隙間があって、平時の靴はその隙間に並べることにしている。靴脱ぎ場に堂々と置かれているのは夫だった勉の革靴だけだ。桃香の小さな靴の隣に自分の靴を並べると、立ち上がって玄関を眺めた。家族四人のそれぞれの靴が、変わらぬかたちでそこにある。ここへ越して来てからずっとそうだった。

二人が離婚していたと知ったなら、義母はなんて言うだろう。

洗面所からドングリの包みをぶら下げた桃香が飛び出してきて、清花と入れ違いにリビングへ入った。「パパただいまー」と、声がする。石けんで手を洗っていると、

「どこへ行ってきた？」と、勉の訊《たず》ねる声がした。

「さんかく公園。ドングリいっぱい拾ったよ、見せてあげるね」

「桃ちゃん、せっかく手を洗ったんだから、おやつを食べてからにしたらどう？」

「桃香ー、そうなさい」

タオルで手を拭《ふ》きながら、リビングに向かって声を上げた。勉の母の声がする。

「ほらね、ママもそうしなさいって」

リビングではお茶の用意が進んでいた。おやつはジャガイモ餅《もち》ではなかったけれど、

水で溶いた小麦粉を油で焼いて砂糖醤油をかけた『薄焼き』で、こちらも桃香の好物だ。湯飲みや急須《きゅうす》がまだキッチンにあったので、清花はそれらをお盆に載せてテーブルへ運んだ。祖母や母親の言いつけ通りに桃香はドングリを開けなかったが、包みはお茶のテーブルに載せたままだ。

「ずいぶん拾って来たのねぇ」

義母は困った顔をした。

「だって、ばあばの分と、パパの分でしょ、あと、ママと桃香の分だから、たくさん拾ってきたんだよ」

「そうか。がんばったんだな」

と、勉は言って、

「だけどこれからお茶だから、テーブルからは下ろしておこうな」

包みをテレビ台へ移動した。義母が近くへ寄ってきて、清花の耳に囁《ささや》いた。

「困ったわ。ドングリって虫がいるのよ」

「え。そうなんですか?」

「ウジ虫みたいなのが出てくるのよ。それもたくさん」

義母は頷き、ブルブルブルブルンと身震いをした。

「知りませんでした……どうしたら……」

「そうよねえ」

と、首をすくめる。

桃香のお土産は歓迎されていないらしい。テレビ台へ追いやられた包みに目を向けて、清花はあれこれ考えた。少し遊ばせてからベランダに出そうか。でもベランダが虫だらけになったら気持ちが悪い。すでにハンカチの中に出ているだろうか。いっそ鍋《なべ》で茹《ゆ》でてしまおうか。でも栗じゃないんだし、茹でて大量の虫が出たらパニックだ。鍋が虫だらけになる光景を想像して、考えるのをやめた。あんなにかわいいドングリが今や時限爆弾に思われる。

四人でお茶を飲みながら、公園のことや学校のこと、友達のことや音楽会のことを話す桃香を見ていた。子供は無意識に家族の和を守ろうとするのか、家にいるとき桃香は義母の隣に座る。勉と清花もテーブルにいるが、離婚届を出してから清花に対する勉の態度は他人行儀だ。もともと器用なたちではないこともあり、直接の会話はずいぶん減った。皮肉なことに、左遷されて休みが増えたので、当面は桃香や義母を挟むことでなんとか会話を成り立たせている。深く傷ついて離婚を言い出してきた彼は心の置き場を失ったまま、どうしていいのかわからないのだ。義母との距離は縮まったのに、勉との間には見えない溝が生まれてしまった。

お茶が終わると桃香はいそいそと包みを取りに行き、テーブルの真ん中で結び目を解《ほど》いた。大小の木の実が転がり出してきたのを見ると、義母は清花に視線を送った。

「ずいぶんたくさん拾ったな」

勉が感心して言う。汚れや傷がないものを選んで拾ってきたのよ、と、夫婦だったときなら口に出せたと思うけど、清花はそれができずに、

「一生懸命に探したもんねーっ」

と、娘の桃香に同意を求めた。

「うん。分けてあげるね。これがパパ。これがママ。これがばあばで、こっちが桃香」

桃香はハンカチの四隅にドングリを分ける。大きいもの、小さいもの、丸いもの、長いもの、帽子があるもの、帽子がないもの。平等に分けると、小さな手にドングリを包んで各々に数個のドングリをくれた。

「ありがとう」

と、義母は言い、またも清花の顔を見た。

「はい、ママの分。これはパパ」

残りのドングリは自分用で、勉強机に放置されることだろう。そして中からウジ虫

が出る。清花はプレゼントを握って言ってみた。

「桃香、知ってる？　ドングリには虫が住んでるんだって」

すると娘は目を丸くして、

「チビッコあお虫？」

と訊《き》いてきた。指先でつまんでドングリを見ている。横から勉がこう言った。

「青虫じゃなくて白い虫だよ」

「知ってたの？」

思わず訊ねてしまったのは、どうしたものか本当に困っていたからだ。

勉もまた清花ではなく桃香に答えた。

「ドングリにいる虫は蛾やゾウムシが多いかな。穴を開けて出てくるぞ？　コロコロしたイモムシが」

思わず清花に視線を向けて、しまったという感じで視線を逸《そ》らす。

「子供の頃は『ドングリ虫』と呼んでた気がする」

「勉も小さい頃たくさん拾ってタッパーとかに入れていたのよ。あとから捨てようと思って蓋《ふた》を開けたら『ぎゃー』って……」

恨みがましく義母《はは》が言う。

「チビッコあお虫じゃないの？」

「白い虫だよ。それか茶色の細長いやつだな。青虫は出てこない」

桃香は矯《た》めつ眇《すが》めつドングリを見ている。

「どうする？　お外に出しておく？」

訊いても返事をしないので、大人たちは顔を見合わせた。

小さな頭で何を考えているのか想像もつかないが、

「ベランダに出しておく？」

もう一度義母が問うと、桃香は首を左右に振った。

「ドングリ虫、見てみたい」

清花は勉と視線を交わした。あなたが余計なこと言うからよ、と責めたかったわけではなくて、小さな心に芽生えた好奇心をどうするべきか問うたのだ。勉もそれがわかったのか、少し考えてから母親に訊いた。

「母さん、ジャムの空き瓶とっていたよね？」

「あるわよ」

と、彼女が答えたとき、清花は勉のそういうところが好きだったと思い出した。彼は真面目で、面倒臭いくらい一途《いちず》なところがあって、相手の話をよく聞く人だ。そして相手を思い遣《や》るあまり、好意が受け取られないと傷ついてしまう。清花を愛し、娘を愛し、おそらく今も家族の『かたち』を愛している。勉は娘を見て訊いた。

「じゃあ、きちんとした家を作ってあげよう」

「ドングリがお家《うち》じゃないの？」

「そうだけど、庭もいるだろ？」

桃香は深く頷《うなず》いた。

「パパじゃなく、桃香が自分で作るんだよ。できるかな？」

小さい桃香は飛び跳ねて、「できるー」と答えてから訊いた。

「どうやって作るの？」

義母が空き瓶を持ってきた。大ぶりのジャムの瓶である。勉はそれを受け取ると、

「この瓶に土を入れて、落ち葉を敷いて、ドングリを載せて、町にする。しばらくするとドングリから虫が出てきて土に潜るから」

「どうして潜るの？」

「眠るためだよ」

「わかった！　眠って、さなぎになって、チョウになる？」

勉はニヤリと笑った。

「さあ、どうだろう。何になるかな」

「いやよ、蛾とか出てきたら」

と、眉間《みけん》に縦皺《たてじわ》を刻んで義母が言う。

「蓋をしておくから大丈夫だよ。それに、蛾の幼虫はすぐ羽化するけど、ゾウムシは一年くらいかかるんだ。全部が育つとも限らないし、よくて一匹か二匹じゃないかな」

「観察はいい経験になると思います」

清花も勉をフォローした。

彼はクローゼットから釘《くぎ》と金槌《かなづち》を持ってきて、床に敷いた新聞紙の上で空き瓶の蓋に空気穴を開けた。蛾の大きさを知っているのか、穴は小さい。それから土と落ち葉を拾うため、桃香を連れて部屋を出た。

「帰ってきたばかりじゃないの。今度にしたら？」

「次の休みは一週間後だし、その日は桃香の音楽会だよ。虫はすぐに出てくるし、土がなければ死んじゃうよ」

母親に言って外へと向かう。

さっきはママとお出かけで、今度はパパとお出かけだ。桃香はとても嬉《うれ》しそうで、勉より先に飛び出していく。

玄関ドアが閉まる音を聞きながら、ドングリをビニール袋に集めていると、

「ホントに子供みたいなんだから」

ため息をつきながら義母がリビングへ戻ってきた。

「すみません。ドングリから虫が出るって知らなくて」

詫《わ》びると彼女は首をすくめた。

「いいのよ。私も忘れていたわ。ただ、トラウマになっているのよね。タッパーの底に粉みたいなのが落ちてるな、とは思っていたの。でも、まさか」

「糞《ふん》だったんですね？」

「たぶんそうだったのよーっ、もうね、思い出すだけでトリハダよ――」

言葉とは裏腹に、朗らかに笑っている。

「――育ててみようなんて、そんな発想はなかったわー」

「桃香より彼の方が嬉しそうでしたね」

「男って、いつまでも子供で、しょうがないわね」

不意に言葉を切ってから、まっすぐ清花を見つめてきた。

「いい機会だから訊くけれど……あなたたち、最近、何かあったんじゃない？」

清花は言葉に詰まってしまい、質問に質問で返した。

「どうしてですか？」

姑息《こそく》な受け答えだと知ってはいるが、離婚の話は勝手にできない。

「どうしてって言われるとあれだけど……なんとなく」

「特に何もないですよ」

「そうぉ？　ならいいけれど」

使った食器をシンクへ運ぶと、義母は湯飲みに水を張り、食器用洗剤を溶かし込む。スポンジに直接原液を垂らす清花のやり方とは違う。

「女同士なんだから、何かあったら相談してね？　私は息子だからってむやみに肩を持ったりしないでちゃんと聞くから」

「ありがとうございます」

と、清花は答え、義母が洗った食器を受け取り、洗剤の泡を流して伏せた。

「心配させてすみません。異動で家にいる時間が増えたから、お互いにまだ生活のリズムがつかめなくて……」

夫婦なのに変ですね、と付け足してから、愛想笑いをした。

「夫婦だからこそ、よ。夫婦だからこそ難しいところもあるじゃない？　隣の旦那《だんな》さんなら許せることも、自分の亭主だと許せないとか。大体は些細《ささい》なことなのよ。靴下が脱ぎっぱなしとか、上着を椅子の背もたれに掛けるとか」

「……あー」

と、清花は頷いた。上着を椅子の背もたれに掛けるのは自分だ。

「ひとつひとつはつまらないことよね？　でも、気持ちに余裕がないとカチンとくるのよ。お料理だってそうよ。辛いとか甘いとか、向こうは文句言ってるつもりはないんだろうけど、それなら自分で作ればいいって、何度思ったかしれないわ」

「お義母《かあ》さんでも？」

「そりゃそうよ。材料だって旬のときもあればそうじゃないときもあるし、こっちだって、いつも気持ちよく料理してるわけじゃないんだし」

「そうですよねえ」

と、清花は笑った。腹の虫の居所が悪いときはお互いにある。いつもは許せることが許せないときも、お互いにあるのだ。

「でもねえ……」

食器を洗う手を止めて、義母はしばし清花を見つめる。次の言葉が出てこないので、清花も彼女の顔を見た。黙っているからこそ、心の内を探られる気がする。県警本部のベテラン刑事、忠《ちゅう》さんの聴取の仕方を思い出していると、義母《はは》は苦笑して、

「……今になって思うのよ……ケンカって、相手がいないとできないんだなって」

そしてリビングの方を見た。リビングの隣には和室があって、義母の部屋となっている。そこに小さな仏壇を置き、義父《ちち》の写真におやつの皿が供えてあった。

「私はいま幸せだし、あの人が生きていたら毎日ケンカしていたのかもしれないんだけど……なんなのかしらねえ、夫婦って……思うように動いてくれない体の一部みたいなものかしら？　あって当然、なくせば不便」

あまりに的を射すぎていて、清花は言葉が出なかった。そして人生の長いスパンを共に生き、体の一部のようになれる夫婦関係をうらやましいと素直に思った。自分と勉もそのようになるはずだった。でも、難しかったのだ。

「清花さん知ってる？　最近の人は恋愛に奥手で、親が結婚相手を探すんですって」

伏せた食器を拭《ふ》き始めつつ、義母は得々と話を続けた。

「それってお見合いですよね？」

「あー……それとはちょっと違うかな」

「どう違うんですか？」

「お見合いは、結婚したい人が仲介人を通じて相手を紹介してもらうものじゃない？でも、今の話は全然違って、本人は結婚の意思がないのよ。結婚させたいのは親御さん。子供の将来を案じて焦るの」

義母が拭いた食器を重ねながら、清花は眉《まゆ》をひそめた。

「結婚の意思がないのに結婚させるんですか？　親が？」

「うーん……それともちょっと違うかな」

少し考えてから先を続ける。

「私の友だちにトシちゃんって人がいて、息子が今年三十二ですって。でも、仕事が終わると部屋でゲームばっかりやっていて、恋愛に全く興味がないの」

「もしかして女性に興味がないのでは？」

異性に興味を持てない人もいる。

「そうじゃなく、恋愛が面倒臭いんだって。そりゃそうよ。三食、洗濯、風呂《ふろ》、掃除つきで親元にいるわけだから。だから私も言ったのよ、一人暮らしさせたらいいって。そうすれば奥さんが欲しいと思うでしょ」

「……奥さんは家政婦じゃないですけどね」

「そうだけど自立の意識は持つじゃない？」

「どうでしょう？　イマドキは家事も育児も男性が参加して当然ですから、精神面で自立できない男性に魅力を感じる女性は少ないと思います。好きという気持ちだけで突き進める若いうちならともかく、女性も男性も年齢を重ねれば視野が広がって選択肢も増えていくので、結婚後のことを想像するとマイナス印象を持ちやすいのかも。でも、それは悪いことじゃないと思うんです。結婚はゴールじゃなくてスタートだから、その後の方が大変だし……まして本人に結婚の意思がない場合は」

「結婚の意思がないわけじゃないの。恋愛後《のち》結婚というプロセスがもう、面倒臭いみたいなの」

「好きになるから結婚するのであって、恋愛を飛ばしたら無理ですよね」

「だけど交際相手って、探さなかったら出会えないと思わない？」

「まあ、そうなんでしょうけど、人生の選択肢における結婚の価値は下がってきているように思います」

「そうなのよね、そこが困るじゃないの」

彼女は本気で顔をしかめた。

「想像してみて？　子供を産むために結婚しろなんて言うつもりはないけれど、高年齢でくっついた場合、生まれてくる子はどうしたらいいの？　子供を育てるって大変なことよ？　成人までを逆算したら、たとえば四十で結婚したとして……四十ならまだいいかもだけど、五十、六十じゃ遅いわよ」

「そういう人はお金を貯めているから大丈夫じゃないですか？　本人が亡くなっても、家族はなんとかなりますよ」

と、清花は笑った。でも女性に限れば話は別だ。出産には適齢期がある。義母はそれを言いたいのかもしれない。

「私もねぇ、古い価値観を振りかざすつもりはないけれど、やっぱり結婚って、制度に守られている部分が、まだたくさんあると思うの。トシちゃんが心配するのもそのあたりよね。親は先に逝《い》く立場だから、子供には家庭を持って、支え合いながら暮らして欲しいと願うのよ」

その家庭に問題が生じれば責任だけが残るが、どうだろう？　そう思ったが、清花は口に出さずにおいた。自分たちにも答えが見えていない問題だからだ。ただひとつ言えるのは、清花自身は結婚を後悔していない。勉と出会い、桃香が生まれて、木下家の一員になった。その選択を少しも後悔していない。

義母はまだ話し続けている。実は離婚がばれていて、友人の話を借りて自分に話をしているのではないか。穿《うが》った見方をするのは刑事の悪い癖かもしれない。

「トシちゃんのところは息子さんだからまだいいけれど、女は子供が欲しくても産めない年齢になるから、先々のことを考えて行動しないとマズいじゃない？　代わりに相手を探す親の気持ちは理解できるわ。親は子供のことをわかっているから、親同士が話して二人を会わせてみるのはいい方法だと思うのよ。恋愛だと相手のいいところしか見えないけど、親は冷静に判断するもの」

「……うーん……」

と、清花は考えて、

「それは家族構成とか、親族とか、遺産とか負債とかいうことですか？」

と、訊《き》いた。

「それも含めて冷静に判断したり、知っておくことが両家にとっても大切だと思うのね、結婚は生活だから」

「確かにそうですね……でも、青臭い言い方になりますけど、恋愛中は、結婚って当人同士が協力しながら新しい家庭を築き上げていくものだと考えるじゃないですか。そういう気持ちで結婚するのは悪くないと思うんです……どんな家でも問題は起きるし、それも含めて乗り越えていけばいいのでは？」

自分の言葉が自分自身に突き刺さる。それすらできずに離婚届を出したのは誰だ。

「清花さんの考えはその通りよ。十代、二十代は情熱だけで結婚できるし、私だって若い頃はそうだった。ほら、私たち世代は家督重視から自由恋愛に移行した頃だから。

でも実際は情熱だけじゃ……お見合い結婚の方が案外うまくいったりするものよ」

そう言って顔をのぞき込む。清花は義母のどや顔を初めて見たように思った。

「好き合って結婚した場合よりうまくいくって変じゃない？　だけど、こういうことなのよねえ。恋愛結婚は夢で始まる。お見合い結婚は覚悟で始まる。言い方は悪いけど、痘痕《あばた》もエクボじゃなくって、痘痕は痘痕で始まるから、互いに過度な期待もないし、客観的な対応ができる。熱が冷めていくのではなく積み上げていく感じかしら。結果として上手に生活できるわけよね」

義母の言葉は一理ある。結婚後に洗濯をして、勉のパンツを自分のショーツと並べて干したとき、恥じらいの一部を消失したように感じたものだ。桃香が生まれて母になったら、夫の前でも授乳した。そのとき勉も、清花が妻でなく母になった事実に幻滅を覚えたかもしれない。二人は桃香の親になり、そうして今までやって来た。なのに妻でなくなった清花が母親も放棄しているように見えたから、勉は離婚したくなったのだ。

「……結局、『トシちゃん』さんの息子の結婚はどうなったんですか？」

と、清花は義母に訊いてみた。

「どうなったって？」

「いいお相手は見つかったんですか？」

すっかり片付いたキッチンを、ダスターで磨き上げながら彼女は言った。

「ダメダメ。デートにこぎつけたけど、先方から断られちゃって。その理由がね、歩く速度が違いすぎて嫌だって」

「デートのとき彼女を置いてさっさと歩いたわけですか？　女性はヒールを履いたりするので……」

「逆よ」

と、義母《はは》は可笑《おか》しそうに言う。

「息子さんの方が遅かったのよ。イライラしちゃってダメだって、そう言われてしまったみたい」

清花はぽかんと口を開け、結婚に向けた歩みが歩速の違いで終わった事実が可笑しくなった。何がツボに入ったのか義母もクスクス笑い始めて、ついには一緒に笑い転げた。

「相手の方は結構スルドイと思います」

「そうよねー。一事が万事と思うから、歩く速度が違いすぎたら考えた方がいいのかも。トシちゃんにもそう言うわ」

湯沸かしポットを手に取って、水を汲《く》みながら清花に訊いた。

「清花さん、コーヒー飲まない？　虫歯になるから桃ちゃんには内緒にしてるんだけど、トシちゃんから、お高いキャラメルを頂いたのよ。塩バターミルク味」

「いいですね」

勉と桃香の留守をいいことに、共犯者よろしくコーヒーカップを二つ出し、清花はインスタントコーヒーを淹《い》れた。


その日の夕方には、ジャムの空き瓶で作った『ドングリ虫の町』がリビングにやってきた。桃香は勉と協定を結んで、いつでも見える場所にドングリ虫の町を置きたがったが、食事用テーブルは義母と清花がそろって反対したために、テレビ台の隅が置き場所となった。

桃香主動で作ると言っていたはずなのに、できあがった『町』にはどう見ても勉のこだわりが詰まっていた。柔らかな腐葉土にちぎった枯れ葉が薄く敷かれて、小枝に葉っぱを挿した日《ひ》除《よ》けの下にドングリたちが並んでいる。土に差し込んだY字形の枝に虫用のブランコまで作ってあるのには笑ってしまった。勉は警察職員だが、美術教師や保育士にも向いていたんじゃないかと思う。

桃香はずっとドングリ虫に夢中で、ご飯を食べているときも空き瓶から目を離さない。これがきっかけで法医昆虫学者になるとか言い出したらどうしようと、清花は密《ひそ》かに案じたりする。昼間の義母の話ではないが、桃香が大人になる頃には、恋愛や結婚のかたちはさらに変わっているだろう。親は子供よりも先に逝くから、家族を作って欲しい気持ちはわかるけど、それは結婚というかたちでなくてもいいのではないか。そもそも結婚とは何なのか。ドングリ虫で盛り上がる元夫と娘を見ながら考えていると、サイドデスクに置いてあった清花のスマホがブブブと震えた。

「ママー。お電話が鳴っていますよー」

めざとく気づいて桃香が言った。勉はそれを見ないようにしている。

そもそも夫婦関係が冷えたのは、休日もプライベートも関係なく、清花が仕事を選択していたからだ。けれど自分は刑事で班長だったのだから、働き方が間違いだったとは思えない。人の生き死にに関わる仕事だからこそ誇りを持ってやってきたのだし、家族にもそこを理解して欲しかった。その一点で、清花と勉の価値観は決定的に違っていたのだ。

「ありがとう」

と、娘に言ってスマホを取ると、『ヒトシ叔父《おじ》ちゃん』の文字が光っていた。班長からのようだった。

「はい」

とスマホに答えてから、勉のほうへ目をやって、

「日曜日ですけど、どうしたんですか？」

と、わざわざ訊いた。新しい部署では休日に臨場するつもりはないと勉にアピールするためだ。当該部署は基本的に日勤で、日祝日は休みである。そういう部署に異動したと家族に宣言した手前、保身の気持ちが働いてしまう。

「だよね、ごめんね……団らんを邪魔したね」

申し訳なさそうに土井が言う。班長の土井は痩《や》せ型の貧相な中年男で、無精ひげとボサボサ頭と落ちくぼんで二重の大きな目が特徴だ。捜査一課のエリートだったが、家族のためにキャリアを捨てて、現在は窓際の新設部署でボスをしている。未解決のまま凍り付いていく各署の事件を掘り起こし、所轄に情報提供する仕事である。

「いえ、大丈夫です」

以前は電話が来ると秘密保持のため独りになれる場所へ移動したが、今は家族のいるリビングでそのまま話す。義母はテレビのボリュームをそっと絞って、桃香が大きな声を出さないように、勉が人差し指を唇に当てる。素直な娘は両手で自分の口を覆

うと、パパの胡座《あぐら》に挟まり込んだ。清花は思わず笑みを漏らして、唇だけで『ありがとう』と言った。

「おっしゃってください。何ですか？」

「サーちゃんさ」

と、土井は言う。この部署は潜入捜査を旨とするので、互いを役職で呼んだりしない。親族や家族に扮《ふん》する場合があるため、土井が決めた清花の呼び名は『サーちゃん』で、清花が土井班長を呼ぶときは、『ヒトシ叔父ちゃん』だったりするのだ。

「明日《あした》、現場へ出動できるかい？」

「もちろんです」

「そう？　よかった」

と、土井が答える。眉尻《まゆじり》を下げて情けなく笑う顔が頭に浮かぶ。

事件ですか？　と訊《き》きそうになってから、桃香や勉が耳をそばだてているのでやめた。問いかける前に土井が言う。

「山奥の一軒家で火災が起きて、男性が焼死した。うーん……と、あれだ——」

今度は頭を搔《か》く土井が見えるようだった。

「——状況は焼身自殺だけど」

「何か不審な点が？　当班は捜査をしないいんじゃないですか？」

声を潜めて思わず訊いた。地域潜入班は犯罪の検挙に重きを置かず、過去の事件を調査して、結果を所轄へつなぐのが仕事のはずだ。

「しないよ。捜査じゃなくて調査だから」

訳のわからないことを言い、

「実は返町《そりまち》なんだよね。出動要請をかけてきたのは」

呑気《のんき》そうに付け足した。

返町は清花の元上官で、地域潜入班に左遷先を手配したのも彼だった。

「内々に現場を見てくれないかと言うんだ。現場の土蔵から変なものが出たからと」

「なんですか、変なものって」

「変なものは変なものだよ。わからないから見てくれってさ」

なんという大雑把な依頼だろうか。清花は眉をひそめて首をひねった。自分が班長だったとき、もしも部下がこんなことを言おうものなら、『しっかり状況をまとめて出直してきて』と一喝したことだろう。もう部下なんていないけど。

「わかりました。現場へ行けばいいんですね」

「うん。ぼくは今から出発して、サーちゃんのことは現地で拾うから、最寄り駅に着いたら連絡して」

「承知しました。どこの何駅へ行けばいいですか？」

「地理的にはノヘジ駅がいいと思う。大宮《おおみや》からでも乗り継ぎ二本で来られるし」

大宮からでも乗り継ぎ二本？　嫌な予感がしたので訊いた。

「……それって、どこの駅ですか？」

「青森県上北《かみきた》郡の野辺地駅ね。じゃ、またそのときに」

土井は電話を切ってしまった。

第二章　燃えたマヨヒガ

現地で拾うからと簡単に言うより先に、現地がどこかを告げるべきでは？　車窓を眺めて清花は考えていた。自分なら明日は青森に出張だと先に言い、それから事情を説明するけどな。土井の人となりはまだよくわかっていないけど、いつでも、なーんか、会話の順番がちぐはぐなのよね。緊迫感がないのよ。毎回思うけど、ぬるっとしていて。

神奈川から青森への移動は距離もあって大変なので、電話を切ると清花は慌てて移動手段を検索した。その結果、列車での移動は乗り継ぎでけっこうな差が出ることがわかった。家族団らんで緩んだ気持ちは一気に仕事モードに変わり、義母《はは》に事情を話して出発の準備を始めたのだった。

翌日の午後。効率よく乗り継いだ列車は数時間を要して野辺地駅へ近づいていた。

めまぐるしく変化してきた風景はシトシトと雨に濡《ぬ》れ、灰色のベールが降りたように思われた。車窓には壁のようにそそり立って空を分ける木々があり、列車がホームに滑り込むとき、『日本最古の鉄道防雪林』という看板を見て、防雪林だったのかと思った。きっと豪雪地なのだろう。

青森は初めてだけど、清花がこの地に抱くイメージは斎藤真一《さいとうしんいち》という画家が描いた瞽女《ごぜ》によるところが多い。吹きすさぶ雪と北風に耐えて背中を丸め、ほおかむりして雪原を行く人たちや、魂の音色を奏でる津軽《つがる》三味線。リンゴと太宰《だざい》、灰色の空、そして雪。桜の名所弘前《ひろさき》城やねぶた祭も有名なのに、寒々と厳しい冬のイメージばかりが勝る。清花を迎えた灰色の空と煙る雨は、イメージ通りの寂しさだった。

野辺地駅に到着しますとアナウンスが流れて、昭和レトロなホームに列車が止まり、開いたドアから冷気と湿気が流れ込んできたとき、清花は、（ああ、青森だ）と再び思った。東京よりも気温は五度ほど低いだろうか。短いホームの周囲には高層ビルなどひとつもなくて、防雪林へ続く土手と灰色の空があり、雨は静かに降っていた。

大きなバッグを肩に掛け、土井が待っているはずのロータリーへ向かう順路を探す。都内なら考えることなく流れに沿って歩けばいいが、列車を降りたのは清花と年配女性の二人だけで、彼女は大きな荷物をベンチに下ろすと中身を整理し始めた。乾物の包みが次々に出てきてベンチに積み上げられていくのを見ていると、時代を遡《さかのぼ》ったような錯覚に陥った。彼女を尻目《しりめ》にホームを歩き、階段を上ると、上下から風が舞い込んで、雨粒がトタン屋根を叩《たた》く音が聞こえる。潮風と雨の匂いが絶妙に絡み合って肺を満たした。駅に寂しさを感じるなんて初めてだ。

階段の先は跨線橋《こせんきょう》で、やはりどこか懐かしく、昭和レトロなテーマパークにいるようだった。突き当たりの窓まで行って外を覗《のぞ》くと、駅前ロータリーの駐車スペースにバスコンが一台止まっていた。バスコンはマイクロバスをベース車にしたキャンピングカーの略称であり、それはトヨタのコースターに架装した地味なグレーと白のツートンだった。列車の到着時刻に合わせて来ているあたりが土井の几帳面《きちょうめん》さを表している。清花は踵《きびす》を返して階段を下りた。

当該車両はもともと土井のマイカーだった。見かけは古くて地味だけど、内部に警察庁の特殊機器が積まれている。古い車両を改造したのは潜入しやすくするためで、捜査は一般人に扮して行う。その点、痩《や》せぎすで貧相で微塵《みじん》もオーラを感じさせない土井はぴったりだ。対して県警本部で警部補を務めて班を率いてきた清花は、積み上げてきた見栄《みえ》や虚勢を剝《は》ぎ取ることに苦心している。移動用として、使い古された大型バッグをリサイクルショップで探したくらいだ。

ベッドやキッチンがあって車の中で宿泊できる。一見便利なキャンピングカーも、スペースが限られているため快適に使用するにはコツがいる。それがわかったから今回は、出し入れしやすく散らからず、コンパクトになる荷物を揃えた。超吸水の軽量タオル、衣類は布製ポーチに小分けして、コスメ関係は試供品、大型バッグは畳めるタイプだ。何よりも前回の出動でインスタント麺《めん》ばかりの食事に閉口したので、秘密兵器を持参した。

それらを担いで改札を通った。改札の外は待合室で、人影はない。ベンチとストーブの他にはキオスクも売店もなく、食堂が一軒あるだけだ。

「え……うそ……売店ないの?」

清花は呟《つぶや》き、ポケットに手を突っ込んでシガレットケースほどの缶を引き出した。蓋《ふた》を開けて確認すると、大事なグミは半分ほどしか残っておらず、しかも味が偏っていた。途中で補充するつもりだったのに、売店のない駅があるなんて。

駅舎から外を見てみたが、当然あると思っていたコンビニもない。

「そうか……」

不安を感じて頭を掻いた。娘にお菓子の食べ過ぎを禁じている手前、ケースに隠して持ち歩いている様々な味のグミは、清花の精神安定剤で戦闘エナジーだ。状況に応じて複数の味をミックスしたりして、覚悟もすれば士気も上げる。今ならば前向きになるためにメロン味を選ぶところだけれど、メロングミは二粒しか残っていない。どこでも買えると思った自分が甘かった。グミなしで、一体どうしたらいいのだろう。

駅舎周辺にある店はほとんどが看板を外されてシャッターが下りていた。営業しているのはレンタカーの店だけで、ほかには居酒屋が一軒見える。タクシー乗り場にタクシーはなく、土井の車が細かい雨に濡れている。仕方ない。清花はバッグをかけ直し、傘も差さずにキャンピングカーへ向かって走った。

運転席の窓からこちらの様子を見ていた土井が、背もたれ部分を跨《また》いで後部座席へ移動して、リア側のドアのロックを外す。清花はドアを引き開けてステップを出し、バッグごと自分を押し込むようにしてキャンピングカーへ乗り込んだ。

「いらっしゃい」と、土井が言う。

「ありがとうございます。それにしても雨とか」

ドアを閉め、ステップを上げてから言うと、無精ひげを生やした土井が眉毛《まゆげ》をハの字にして笑っている。

「さすがはサーちゃん、成長の跡が見えるね」

ポケットからハンカチを出してバッグに付いた雨水を拭《ふ》く。運転席の後ろがベンチシートになっているので、拭いたバッグをそこに載せ、脱いだ靴を下駄箱に入れながら訊《き》いた。

「え、なんですか？　成長？」

「そ。荷物が大分コンパクトになった」

土井はニコニコしながら首をすくめた。

「前回の出動でキャンピングカーを学びましたから。しかも今回は青森でしょ」

「だから休みに電話したんだよ。乗り継ぎをしくじると時間がかかっちゃうからね」

「はい。おかげさまで助かりました。でも、飛行機という手もありましたけど……そっちのほうが早かったのでは？」

「それだとぼくが到着できない。車を持ってこなきゃならないからね」

なるほど確かに、と、清花は思った。話しながらバッグをかき回し、食品用圧縮袋に入れたあれこれをテーブルに載せた。乾燥野菜、固形の鍋《なべ》つゆ、アルファ米に乾燥豆腐、粉末調味料に小麦粉などだ。

「なにそれ、す〜、ごー、い〜——」

と、土井が喜ぶ。

「——今回はサーちゃんが料理してくれるってこと？」

「必要に応じてやってみるつもりです。少し前から買いためていたんですよね。こういう食材は使い慣れていないので、うまくできるかわかりませんけど、ボスに任せるとインスタント麺ばかりになるので」

土井は答えずニヤニヤしている。清花はシンクに備え付けの引き出しを開け、インスタント麺の隙間に持ってきた食材を収納した。車内には昼下がりの気だるい空気が漂っている。経年劣化で濁りが生じたポリカーボネート製の窓は、雨に濡れて磨《す》りガラスのようだ。それでも景色の印象は変わらず、どこもかしこも灰色だった。

「準備が済んだら移動するけど、この時間だと……」

土井は腕時計で時間を確かめ、

「……着いた頃には日が暮れる。現場は電気が使えないから、今日のところは所轄の担当者に挨拶《あいさつ》して終わりかな」

と、頷《うなず》いた。

「電気がないほど山奥ですか？」

「そうじゃなく、火災現場だからね。一軒家だし」

「なるほど。じゃ、とりあえず移動ですね」

一度は下駄箱に入れた靴を手に持って、清花は助手席へ移動した。助手席と運転席の間には、所轄へ持って行く手土産が紙袋のまま置かれている。土井も運転席に掛け、シートベルトをしながら言った。

「ところで、今回ぼくらは返町の指示で、『人形玩具《がんぐ》の研究者』ということになるようだ。大学ではなく一般社団法人の調査チームね。ぼくが先生、サーちゃんは助手」

「はあ」

「呼び名はそれぞれ『先生』と『木下くん』でどうかな」

「木下でなく鳴瀬でお願いできますか」

離婚して鳴瀬に戻ったことは伝えてあるのに、土井は早速忘れている。

「あ、そうか。鳴瀬くんだったね、オッケーオッケー」

軽く答えてエンジンを掛け、ワイパーを動かした。

「わからないんですけど、人形玩具の研究者ですか？　焼身自殺の現場を調べに行くってことでしたよね」

「違うよ。調べるのは火災や自殺じゃなく、土蔵で見つかった『変なもの』だよ」

言いながら運転席側のドアポケットに手を伸ばす。

「その変なものというのは、人形玩具と関係が？」

土井は、一冊の本を引っ張り出して清花に渡した。

『和の国の人形玩具大辞典』というタイトルで、装丁に使われているのは郷土玩具やひな人形、鯉のぼりや五月人形などの写真であった。

「この本はなんですか」

訊くと助手席に顔を向け、

「一応ね、付け焼き刃の知識でも、研究者を名乗る以上は入れとかないと」

などと言う。問いの答えになっていない。

「全部読めってことですか、変なものって、玩具なんですね？」

「返町から来た資料だよ。今夜中に読み終えてもらえればいいし、ぼくもさっき読み終わったところだ。人形や玩具の研究者がいるなんて、世の中は広いよな」

厚いので写真が多いことを期待して開き、土井に隠れてため息を吐いた。本には古い時代のものから現代までの様々な玩具や人形の写真が載せられていたが、論文もかなりのボリュームで、端書きに始まり、研究の諸問題から研究の意義、どんな玩具や人形があって、その成り立ちはどうこうで、子供たちはそれを用いてどう遊び、そのときどんな心理が働いたのかについて、箇条書きや年齢別グラフなどに起こしたものまでが載せられていた。詰まるところ、遊びの種類や変遷を児童心理学の観点から掘り下げている本らしい。興味深いところでは、人形にごはんを食べさせる子供の統計が取られている。

子供はぬいぐるみや人形を『生きている』と感じて、おもちゃの食品ではなく本当の食べものを与えたり、流動食に加工するなどの工夫までしたりするとある。たしかに桃香もぬいぐるみにクッキーを食べさせていたし、ドングリ虫まで擬人化している。

「研究者って物好きですね。遊びや玩具まで研究対象にするなんて……」

ため息混じりに呟《つぶや》くと、

「資料は結構面白かったよ」

と、土井が答えた。

「先生が読み終わっているなら、内容だけ説明してくれればいいじゃないですか」

『先生呼び』で持ち上げると、土井はチッチと舌を鳴らした。

「それは手抜きというものでしょう。曲がりなりにも研究者に化ける以上は、二人が同じ見解じゃマズいと思わない？　学者先生っていうのはね、けっこう個性的なんですよ。同じ本を読んだとしても拾い上げるところはそれぞれ違う。知識があるのと全くないのと、化けの皮の厚さに差が出るとは思いませんか？」

そう言われてしまえば言葉も出ない。清花は本を膝《ひざ》に載せ、灰色の町を見渡した。人影も車もまばらな往来にシトシトと雨が降っている。ポケットの缶をまさぐりながらら、清花はコンビニを目で探す。

「これから所轄へ向かうけど、今回は白衣を用意してあるから、現場ではそれを着用のこと。まあ、特に白衣を着る必要もないんだけどね、ぼくらは白衣を着るくらいしか『それっぽさ』を出せないからさ。火災と焼死の因果関係に不審なところは全くないから、あくまでも土蔵にあったものを調査するのがミッションね」

「私たちが警察官であることは所轄に黙っているわけですね？」

土井は清花を振り向いて「そ」と短く返答した。貧相に痩《や》せているから、輪郭に対して大きすぎる目がこぼれ落ちそうだ。

「どういう経緯か、聞いておきたいですね」

体を運転席に向けて訊《き》く。きちんと辻褄《つじつま》合わせをしておかないと、同業の警察官を敵に回しかねない。土井は「うん」と呟いて、運転しながらこう言った。

「火災が発生したのは五日前。集落から離れた山中にある名士の屋敷が燃えたんだ。北前船《きたまえぶね》で財を成した富豪の屋敷で、もとは第二夫人を住まわせていた別宅らしい」

「いいご身分」

意図せず険のある声になる。自分が悪いわけでもないのに、土井は申し訳なさそうに眉尻《まゆじり》を下げた。

「神月家《こうづき》といって、没落して本宅はすでにない。現在屋敷に住んでいたのは三人で、焼死したのが高齢の当主鼎《かなえ》。ほかの二人は家守《いえもり》の夫婦で、離れで寝起きしていたために無事だった。彼らによれば、火が出て母屋へ向かったときにはすでに手がつけられない状態だったという」

「当主はどうして焼身自殺を?」

「本人が死んでいるから不明だけど、末期がんを患っていたらしい。痛みや死の恐怖に耐えかねて……ということはあるかもね」

「で、土蔵の変なものって何ですか?」

「人形だって」

土井はすまして答えたが、清花は思わず眉をひそめた。

「人形は『変なもの』ですか?　あ、わら人形とか、そういう……?」

「どうかな。返町が研究者として潜入しろと言うからには、たぶん、ものすごーく変なものなんじゃないのかな」

どう変なのか考えてみたが、呪いのわら人形とか、カルト的な偶像とか、その程度しか思いつけない。第一、そんなものが見つかったとして警察が関与すべき問題だろうか。

「あ。そうか、わかった。有名人形師が作った品じゃないですか？　コールドケースになりかけている盗難品で、しかも複数あるんです、きっと」

「そうかもね」

と、土井は答える。そういうことなら自分たちが呼び出されたのも納得できる。所轄署で把握していなかった盗難品で、被害届はそれぞれ別の警察署に出されており、しかもコールドケースになりかけている。当主が死亡してしまった今となっては、盗難品がその家の土蔵に残されていたわけも、犯人すらもわからないかもしれない。けれど盗難品が出た場合、被害届と照らし合わせる面倒な作業が必要になる。窓際部署には打って付けの仕事だし、盗品が持ち主に返却されれば『こんなに地道な作業もしているのです』と、返町は世間にアピールできるというわけだ。

「なるほど、なるほど」

腕組みをして清花は頷《うなず》き、無意識にケースのグミを一粒食べた。選んだのは梅味で、香りと甘みと酸っぱさと、ほのかな塩気が癖になる。残量がないので、土井にはあげない。赤信号で停車したとき、土井は鼻の下をこすって目をしばたたいた。

「現場は野辺地警察署が管轄している六ヶ《ろくが》山村《やまむら》と横濱町《よこはままち》の境目あたりにある山中だ。現在のところ放火、殺人、不審火の疑いはナシ。母屋に灯油がまかれた跡があり、家守夫婦の証言からも、当主による焼身自殺と思われる。ちなみに、『土蔵の変なもの』について返町が情報を得たのは所轄署ではなく消防からで、調査に入った消防署員が所轄署に報告したものの問題なしとされたため、当班のオンライン窓口にメールが来て、それに返町が興味を示したということだ。まあね、警察と消防は普段から連携を取っているけど、それが犯罪の痕跡《こんせき》でもない限り、所轄署がどうこうするものでもないからさ」

その通りなので頷いた。

「だから研究員に化けるんですね」

「所轄署を刺激する必要もないからね。返町としては新しく立ち上げた班の成果が欲しいから、こうしたケースも活躍の場として提供したのかもしれない。サーちゃんが言うように盗品だったとわかって所轄が動き、持ち主の許《もと》へ返るのでもいいし、朽ちていくだけの火災現場で見つかったのが貴重な品で、しかるべき組織へつなぐのでもいい。そういう仕事を警察がやったと示せることが肝要なんだ」

「貴重であろうとなかろうと、遺品は血縁者が相続するのでは？」

「血縁者がいればね。で、ここからが本当の話だけど——」

雨が次第に激しくなって、町は夕暮れに沈んでいく。ワイパーの動きをからかうように、フロントグラスに雨粒がはじける。土井が声のトーンを落としたので、なぜだか清花はゾクリとした。

「返町は、消防署員の話が気になると言う」

「どんな話ですか」

眉をひそめて訊くと、土井は、

「教えてくれないんだ」

と、失笑した。

「先入観を持たずに現場を見て欲しいって。但し、こんなところまでぼくらを来させたわけだから、何かあると睨《にら》んでいるのは確かだろう。返町の勘は侮れない」

「勘とか先入観とか言われても、抽象的すぎてわかりません」

「だろうね。ぼくもわかっていない」

清花は桃とイチゴのグミを選んで口に押し込んでから言った。

「先生。すみませんけど、カーナビで周辺のコンビニを検索していいですか。グミを補充しておかないと私の機動力が落ちるので」

「了解」と、土井は首をすくめた。

所轄署へ向かうルートにコンビニはなかったが、道を一本逸《そ》れたところに商業道路が通っていたのでそちらで探し、先《ま》ずは所轄署に挨拶《あいさつ》すると話は決まった。

警察署へ向かっているわけだから走っているのは市街地のはずが、高い建物は見当たらず、林と畑と住居が交互に現れる。季節の進みが早いのか、木々は葉を落としかけている。無彩色の景色を眺めているとふいに前方に赤い鳥居が見えて、脇の道路標識に『野辺地警察署』と表示があった。都会の所轄署は大抵ゴミゴミした立地にあるので、清花は不思議に思って身を乗り出した。道路沿いに延びた塀に交通標語の横断幕が張られていて、レンガの門に案内板がついていた。

やはり警察署のようだった。

野辺地警察署は後方を森に守られた広い駐車場の奥に建っていた。あまりに敷地が広いので建物を低層に感じるほどだ。デザイン性が高く、壁面を飾るガラス窓が印象的で、警察署というよりは小洒落《こじゃれ》たスポーツ施設に見えた。駐車場はガラ空きで、好きなところに止められる。土井は悠々とハンドルを切って、玄関に近い場所に車を止めた。時刻は午後五時少し前。エンジンを切ると、土井は手土産を持つよう指示をした。これ以降は助手に徹して、会話の主導権を『先生』である土井に委《ゆだ》ねる。

「白衣を着ますか?」

と、問うと、

「今日のところは必要ないよ」

と、土井は答えた。

手櫛《てぐし》で髪を整えてから、運転席と助手席の間に置かれた手土産を引き寄せる。紙袋には五箱もの『東京ばな奈《な》』が入っていた。ソフトカステラとクリームの絶妙な組み合わせが美味《おい》しい、清花もイチオシの東京土産だ。

「顔つなぎだけで専門的な話はしない。具体的なことも、明日《あした》現場へ行ってみてからにしよう。素性がバレないよう専門的な会話は極力しないこと」

着崩したポロシャツにラフな上着を羽織りながら土井が言う。研究助手の役回りだなんて聞いてないから、清花もジャンパーにニットにデニムパンツという軽装だ。

「白衣がないと格好つかない気がしますけど」

薄手のジャンパーをパタパタさせると、土井はわざとらしく微笑んで、

「いいのいいの。さすがに警察署では『らしく』するほどボロが出るから、今は動きやすいのが一番だよ」

車を降りて傘を広げた。助手席側へ回って来てくれて清花と手土産に傘をさし掛け、自分は肩を濡《ぬ》らしながら入口へ向かう。署の玄関には大きな庇《ひさし》が突き出していて、土

井はその下で傘を畳んだ。神奈川県警本部は駐車場にも玄関にも立番《りつばん》の警察官がいたが、この署には見当たらない。役場へ入っていくような感じで入口を入ると、内部には終業間際の穏やかな空気が漂っていた。

夕暮れ時の来訪者を物珍しげに見ている職員に、土井が名前と来署の理由を伝えると、後ろにいた別の職員が内線電話を操作して、しばらくすると、なんと署長自らがニコニコとロビーへやって来た。こんなにもフレンドリーな警察署長がいるだろうかと、清花は心で目を丸くした。けれど研究者の設定なので、表情を変えることなく土井の後ろに立っていた。

「いや、どうも。遠いところをお越しいただいて——」

白髪頭も顔も眼鏡も体も丸い警察署長は、握手を求める代わりに片手を挙げて、

「——お話は刑事局の返町課長から伺っています」

と、言って笑った。土井もいつもの飄々《ひょうひょう》とした感じで、

「お手数をおかけいたします」

と、頭を下げた。清花も一緒に会釈する。

土井は振り返って手を伸ばし、清花から東京ばな奈の紙袋を受け取った。

「これ、ぼくが好きな東京土産で、少しですけど皆さんで召し上がってください」

「いや、これは……かえってお気を遣わせて」

署長は恐縮しながら土産を受け取り、

「明日は近くの駐在所から木村《きむら》という警察官が行くようにしていますので、詳しいことは彼に聞いてください」と言った。

「木村は地元出身で、周辺の事情に明るいです。午前九時に現場へ行けと言ってありますが、よろしいですか」

「はい。それはもう、助かります」

一秒程度手持ち無沙汰《ぶさた》な空気が流れ、署長と土井は同時に「ははは」と虚《むな》しく笑った。署長は紙袋の取っ手を両手で握り、

「それにしても色々な学問があるんですなあ。先生は人形の専門家とか」

「文化人類学をやっていまして、人形に限らず民俗や玩具《がんぐ》を調べています」

「そうでしたか」

「なのでこの度は本当によい機会を頂戴《ちょうだい》したと思っています。いえ、ご迷惑はおかけしません。調査できるだけでも幸甚で……」

清花も無言で頷《うなず》いた。人畜無害な顔をして、どんな人形かもわからないのに、よくもこうペラペラと台詞《せりふ》が出てくるものだ。土井は上着のポケットから名刺を出して署

長に渡した。

「恐れ多くも署長さん自ら出迎えていただきましたと、返町課長に伝えます……ご挨拶できてよかった。それでは、本日はこれで失礼します」

深々と頭を下げるので、清花も倣って腰を折る。署長もむやみに引き留めようとはせずに、社交辞令のように訊《たず》ねた。

「役場近くのビジネスホテルにお泊まりですか？」

土井は眼鏡を持ち上げて、情けなさそうな顔で笑った。

「いいえ。専らフィールドワークで、宿は取らずに車中泊です」

「車中泊ですか」

「古いキャンピングカーで来ています。スーパーに寄って地元食材を買ったり、土地の人と話したりするのも勉強になりますし、何より小回りが利いて楽なので」

「それはそれは」

と署長が言うのをきっかけに、土井と清花はその場を辞した。

カウンターの奥から職員たちが、会釈で二人を見送ってくれた。

外に出るとすっかり日が暮れていた。先ほどより雨脚が弱まって、濡れた路面に署内の明かりが映り込んでいる。これくらいの雨ならと清花は土井の傘に入らず、車まで走ってから言った。

「長閑《のどか》で低姿勢な署でしたね。まさか署長が出てくるなんて、ビックリしました」

清花が濡れないよう先にロックを解除してから、土井は傘を振って雨粒を落としている。一足早く助手席に乗ると、清花はドアを開けたまま、靴を叩《たた》き合わせて水を払った。泥や枯れ草や小石など、靴底は車内に様々な汚れを持ち込んでしまう。

「フレンドリーだったのは返町のおかげかな――」

と、運転席に乗り込みながら土井が言う。

「――曲がりなりにも本庁の課長職だからね、低姿勢にもなるんだろう」

「ところで、さっき名刺を渡していたようですが、何の名刺を渡したんですか？」

訊ねると土井は平気な顔で、

「一般社団法人・人形玩具《がんぐ》研究所の名刺だよ。連絡先としてぼくの携帯と、固定電話は万羽《まんば》さんのデスクに設定してある」

「わざわざ名刺まで作ったんですか？」

「そう。これがきみの分」

土井はコンソールボックスを開けると、封筒に入ったものを清花に渡した。中身は清花の名刺であった。『一般社団法人・人形玩具研究所　鳴瀬清花』あとは固定電話の番号しかないシンプルなものだ。でも、名字に配慮はできている。

「下手な詐欺師が使うようなデザインの名刺ですね」

「当たらずといえども遠からず、だね」

と、土井は笑った。

「サーちゃんの分は十枚だけしかないけどね。プリンターで簡単に作れるからと、万羽さんが用意してくれたんだ」

万羽福子《ふくこ》は特捜地域潜入班後方支援室の通信官だ。土井より少し若い感じで、額で真ん中分けした黒髪とふくよかな顔や弓形の目が『おかめ』や『お福さん』を思わせる。仕事ができて物腰穏やか、優しそうな印象なのだが、土井や丸山勇の話では、キャパシティオーバーになると『マンバ』から『ヤマンバ』に変身するらしい。清花はその瞬間を知らないが、はみ出し者ばかりで構成される班に万羽福子が配属された理由がそれではないかと、心密《ひそ》かに思っている。

「色々と器用なんですね。万羽さんって」

シートベルトを締めながら言うと、土井は、

「彼女はすべてにおいて器用だよ。そういえば、サーちゃんはまだモニター越しにしか会ったことがなかったね」

「サーちゃんじゃなく鳴瀬くんでお願いします……はい。そもそも配属されてから、私はこのキャンカーしか知りません」

「そうだっけ」

とぼけた調子で言いながら、

「じゃ、ここが片付いたら本部へ挨拶《あいさつ》に行く？」

返答を求めるふうもなく、土井は車を発進させた。

今夜はどこで泊まるのか、先《ま》ずはコンビニへとハンドルを切る。

街灯も乏しい県道を走っていると、家々から漏れる明かりがことさら温かく感じられ、あの灯《ともしび》の下にはそれぞれの団らんがあるのだなあと考える。湯気が立つお惣菜《そうざい》、テレビの音と子供たちの声、台所に立つお母さん……見知らぬ町の見知らぬ風景は、それでもどこか懐かしく、郷愁をそそるものだった。


翌朝。清花は六ヶ山村にある道の駅で目覚めた。

車内で起きて先ず見えるのは鼻先にある天井だ。班に配属された当初は、キャンカー生活に不慣れな清花が運転席後ろのベンチシートを組み替えたベッドを使っていたが、その場所は出入口の脇で、土井のほうが早起きなこともあり、今では最後尾に備え付けのベッドスペースを寝床にしている。

初めてここで寝たときは窮屈すぎて棺桶《かんおけ》のようだと思ったけれど、使ってみれば狭さが安心できて、自宅よりも熟睡してしまう。風で揺れる車体や丸聞こえになる外部の音なども慣れてしまえば気にならない。人間の適応力は凄《すご》いのだ。スマホのアラームを止めて目をこすり、グルンと体を横に回してベッドを下りた。寝具を整え、両手で顔をこすってジャンパーを羽織る。

自宅と違って不便なのは、車を出た瞬間に私的空間から公共スペースへと放り出されることである。自分を見た人が不快にならない程度のラフさの服をチョイスして寝間着に使い、上着を羽織ることで宿泊場所の公共トイレへ出かける技も身についてきた。最後尾のベッドスペースとダイニングスペースの間には通信機器室があり、ここで本部の万羽福子と連絡を取る。その前方にキッチンと洗面所があり、土井のベッドは起床後にベンチシートに組み立て直してダイニングとする。清花は洗面所で顔を洗って、トイレへ行くためドアを開けた。

駐車場の奥、トイレ脇にある自販機の前で、土井が見知らぬ誰かと喋《しゃべ》っている。道の駅の駐車場で車中泊する人は多く、早朝のトイレ周辺では互いの装備や旅についての情報交換が行われる。下駄箱から靴を出して履き、ステップを下ろすと、土井が気付いてこちらを見たので『トイレへ行きます』とジェスチャーで示し、頷いたので車を降りた。知らない土地の匂いがした。

午前六時十分。降り続いていた雨は止み、平屋施設の上に群青の空が広がっている。風は磯の香りを含んでいた。

この班で現場に臨場すると、違った土地の匂いを嗅《か》ぐ。そして地球儀で見る小さな日本が多様な土地でできていることを思い知る。山が違う、空が違う、道や電柱や風が違う。それらを気にしたことも、感じたことも、今までなかった。

出張先での朝は土井がコーヒーを淹《い》れてくれる。ミルを使って豆を挽《ひ》き、ペーパーフィルターを用いてドリップする。車内にコーヒーの香りが立って、何より贅沢《ぜいたく》だと思わせてくれる。その脇で、清花は簡単な朝食を準備する。昨晩グミを買ったとき、コンビニで仕入れた菓子パンだ。ゴミはすべて持ち帰るので、小さく畳める袋に入ったパンを選ぶようにしている。テーブルを拭《ふ》いてパンを載せるだけの準備はすぐに済み、清花は昨晩読み切れなかった本を出して続きを読んだ。

昨晩は専門的な知識の箇所が全く頭に入ってこなかったが、寝起きの冴《さ》えた頭だと、するする理解できるから不思議なものだ。

「さっきぼくと話してた人は、鰺ヶ沢《あじがさわ》に住んでるんだって」

落とし終わったコーヒーをそれぞれのマグカップに注ぎながら土井が言う。朝食に買ったパンは『イギリストースト』なるもので、イギリス国旗をデザインした袋に山型食パンが入っている。東京近郊では見かけないのに、売り場にたくさん並んでいたから買ってみた。マグカップを受け取って、土井にはパンを差し出した。

「鰺ヶ沢も青森ですよね」

「日本海側だよね。旅行ですかと訊《き》かれたから、玩具《がんぐ》や人形のフィールドワークですと答えたら、不思議な話を聞かせてくれたよ」

土井は清花の向かいに座り、食パンのパッケージを破った。

中身はシンプルな食パン二枚で、間に何かを挟んでいる。清花も本を脇に寄せ、湯気が立つコーヒーを一口飲んだ。毎度思うが土井のコーヒーは絶品だ。豆から挽くとこんなに美味《おい》しいなんて知らなかった。コーヒーなんかインスタントを眠気覚ましにがぶ飲みするだけのものと思っていたのに、意識が変わった。変わりっぱなしだ。

「わー……おいしいー……」

心の底から呟《つぶや》いて、話を戻した。

「不思議な話ですか？　うさんくさい系の？」

土井は大きく口を開けて食パンを噛《か》み、「ん?」と、目を丸くする。

「なんですか」

「いや……期待してなかったのに美味しいから」

眼鏡を持ち上げてパッケージの記載を見直している。

「そうですか?」

と言いながら、清花もパンを割ってみた。中身はごくシンプルで、マーガリンと砂糖のようだ。土井に倣って口に入れると、柔らかすぎず、硬くもなく、パンとスプレッドのバランスが絶妙だった。食パンとマーガリン、そして砂糖だけなのに。

「ホントだ。イメージ通りの味というか、素朴に間違いのない感じがツボですね。でも、これってたぶん、パンの厚さと中身の量とか、凄く計算されてる気がする」

「あー……たしかに」

と、土井は笑った。

「母の実家が長野ですけど、『牛乳パン』というのがあって、空気多めのふかふかパンに牛乳クリームを挟んでるんです。食べるたび、もっとたくさんクリームを入れて欲しいと思っていたら、最近はたっぷりクリームのものが登場してきたんですよね。待ってましたという感じで食べたらパンがクリームに負けていて……だからこれも絶妙なバランスをしっかり保って作られているんでしょうね、きっと――」

想像通りの味であることが大切なんだと清花は思う。

「――でも、どこがイギリスなのかしら」

国旗がデザインされている以外、イギリスらしさはわからない。そもそもトーストされていないのに、どうしてトーストなのだろう。トーストして食べるパンなのかしら。土井は早々にパンを食べ終えて、袋を細く折りたたみ、縛ってさらに小さくしながら言った。

「話を戻すけど、鰺ヶ沢の人に『歌う花嫁人形け？』って聞かれたんだよ。それを調べに来たのかと……」

「歌う人形？」

からくり人形だろうと思って訊いた。

「昨日、鳴瀬くんが今回の現場について、盗品じゃないかと話したろ？　だから地元の有名作家の作品にそういうものがあるのかと思ったんだけど。そうではなくて、お寺に奉納された婚礼人形のことだって。東北地方は冥婚《めいこん》の風習があるからね」

清花はベンチシートに載せた資料に目をやった。

「あ……この本に書いてあるのを読みました。人形婚というんですよね」

「冥婚、人形婚やムカサリなど、言い方は様々だけど、未婚で亡くなった故人があの世で結婚できるよう人形や絵馬を奉納する風習だよね。鰺ヶ沢の人の話では、七十年ほど前、戦死した息子を悼んだ母親が花嫁花婿の人形を手作りして津軽のお寺に奉納したのが始まりらしい」

「戦後の風習だったんですか……もっとずっと昔からあると思っていました」

「ぼくもだよ」

と、土井は言う。

「その人形たちがここ数年、突然歌い始めたというんだ。地元紙のニュースにもなったようだから、それを調べに来たと思ったらしい」

清花はパンを食べ続けた。凶悪事件を扱う部署の刑事ほど、心霊現象を嗤《わら》わない。仕事を続けていると説明のつかない事象に遭遇することがあるからだ。黙秘する加害者の夢枕に毎晩被害者がやって来て、怖くなった加害者が自白するとか、遺体の隠し場所がわからないとき、担当刑事の夢に被害者が出てきて場所を教えたという話も多い。清花も土井も、そういう部署の刑事であった。

「私を怖がらせようとしてますか？」

眉間《みけん》に縦皺《たてじわ》を刻んで訊いた。

「まーさーかー、聞いた話をしているだけだよ」

「お寺に奉納された人形ってだけでも怖いのに、それが歌ってどうするんです？　どうせ髪の毛が伸びるとか、そういう話もセットなんでしょ」

「あ、うん。髪の毛も伸びるそうだよ。ご遺族がハサミで切って整えるらしい」

「それには科学的な根拠があって、使われた人毛が伸びたというだけです。髪の毛は切ってから数年は伸び続けるらしいですよ。場合によるけど」

そのままパンを囓《かじ》っていると、

「まあ、オカルト談義をする気はないんだ。ただ、面白いなと思ってさ。七十年もの歴史があるのに、歌い始めたのがここ数年のことだというのが先《ま》ず面白い。歌う時間も決まってて、参拝者たちが帰ったあとで歌うんだって。最初は住職がそれに気付いて、気のせいだろうかと近くへ行くと、たしかに人形が蚊の鳴くような声で歌っている。歌うのは童謡が多いというから、ちゃんと聞こえているってことだよ。隣り合う遺影同士が会話していることもあるとか」

土井は首をすくめてニコリと笑う。対して清花は眉《まゆ》をひそめた。

「何を期待して話してますか？　それって、たぶん、あれなんですよ」

「あれとは？」

凶悪犯とは渡り合ってきたけれど、清花は心霊話が得意ではない。凶悪犯は人間で、人間ならば逮捕も送検も可能だけれど、幽霊が相手じゃ打つ手がないし、そういう相手は怖いのだ。清花は少し考えて、

「ラジオと同じ原理じゃないですか？　人形が受信機の役割をして、人の声とか童謡とかを鳴らすんですよ」

「なるほどね」

と、土井はすまして言った。

「そもそもどうしてそういう話を、現地で私に聞かせるんですか。夜だって、外のトイレに行かなきゃならないっていうのに」

「あれ？　サーちゃんは県警本部でブイブイ言わせた凄腕《すごうで》刑事と聞いていたけど、お化けや幽霊は怖がるタイプ？」

清花はパンを食べ終えて、空いた袋を膨らませ、パン！　と音を立てて袋を割った。

「怖がらないタイプなんて、いるんですか？　それに、サーちゃんじゃなくって鳴瀬くん、です」

破れた袋を広げて畳み、巻いて縛って席を立つ。

焼死者が出た火災現場へ人形を見に行こうというときに、よくもそんな話をしてく

れたものだ。土井が平気な顔なので、余計に腹が立ってくる。どんな人形か知らないけれど、そこにあるのが花嫁人形だったらどうするつもりなんだろう。

テーブルを拭《ふ》いてカップを片付け、そろそろ桃香が学校へ行く時間だなと考える。今日も元気に出かけたろうか。丸くて柔らかなほっぺたや黒々とした瞳《ひとみ》、幼い声が恋しくてならない。この班に配属されてから一緒にいられる時間は増えたのに、刑事のときより恋しく思うのは、たぶん、増えた時間に目一杯、娘と向き合っているからだ。

身支度を整えるため最後尾へ移動すると、土井も出発の準備を始めた。

今日は現場で白衣を着るので、かさばらない服装を心がける。現場は火災の後だから足下にも注意が必要で、安全靴を履く方がいい。考えながらスペースを出ると、土井は車外でトランクルームを開けていた。手伝おうと外に出る。カメラ、三脚、懐中電灯、スケール、手袋、レーザー距離計、ボイスレコーダーなど、土井がそれっぽい品々をより分けていく横で安全靴を二足出し、装備しやすい位置に置く。警察官のオーラをまったく持たない土井は、白衣をまとっただけで研究者っぽく見える。彼がチョイスした機材を運搬ボックスに詰め込みながら、刑事の表情が染みついてしまった自分は研究助手に見えるのだろうかと清花は思った。

午前九時十分前。山間部を走っていた土井の車は小さな集落を通り越し、その先で未舗装の脇道へ入った。一本道で、対向車とすれ違いができないほど細い。キャンピングカーは車体が長くて幅広なので小回りが利かず、走行可能な道路が限られる。ペンペン草が生え出た道を見る限り対向車は来そうにないが、その先がどうなっているかわからないので不安が募る。巨大な車体を切り返す場所を見つけられなかったらバックで引き返すしかないからだ。そんなこんなを考えていると、不安で背もたれに体を預けることができない。清花はアシストグリップを握りしめ、前輪が踏む予定の道に視線を凝らした。

どうか先が広い道に続いていますように。もしくは切り返しできる場所がありますように。昨夜の雨で土が濡《ぬ》れ、細かな砂が車体に当たる。デコボコと左右に揺れながら、車はゆっくり進んでいた。

「山間部とは聞いていましたが、めちゃくちゃ山奥ですね。こんな場所に家を建てたりするものですか」

「するんじゃないの？　実際にあったわけだから」

「でも、お目掛けさんの家だったわけでしょ？　考えられない……どう見ても放逐されたような場所じゃないですか」

土井はチラリと清花を見てから、

「たしかにね……もしかしたら、結核とかの療養のために建てたのかもね。それか当時は近くに集落があって、さほど山奥ではなかったのかも」

「まあ、そうなんでしょうか」

片側が崖《がけ》で片側が山肌というような立地ではないが、左右に林が広がって、所々に昔は畑か水田だったと思われる場所がある。山鳥の鳴く声がして、下草代わりの笹藪《ささやぶ》に朝の光が落ちている。今日は天気がいいけれど、紅葉の盛りを過ぎた山里は木々も下草も枯れ葉色だ。どこかでカラスの鳴き声がする。フロントグラスに体を近づけて空の様子を窺《うかが》うと、山の上に黒い群れが飛んでいるのが見えた。火事場から舞い上がる煤《すす》さながらに、カラスが何羽も舞っている。

林が途切れ、左右に葦《あし》の原が開けた。おそらく昔は田畑だった場所だろう。農作業車が切り返せるよう土を盛った道が、草藪と化したかつての畑に落ちている。そのすぐ先にパトカーが止まっていて、警察官が降りてきた。ここへ止めろと土井を手招きする。土井はバックで農道に入り、パトカーが道を戻れるように頭の先だけ出して駐車した。道の左右は山との間に平地があって、草ボウボウになっている。それらがか

って の田畑なら、土井が言うように、ここにも集落があったのだろう。

「どうも」

土井が先に運転席を降り、警察官に頭を下げた。

「おはようごす。横濱西駐在所の木村であんす。署長がら現場さ案内するよう言われで来ました。大ぎい車でこの先さ行ぐど、切り回し場所がねすけ、こごへ止めでもらうべと思って待っていました」

野辺地署が寄越《よこ》した警察官は年配で、やや猫背、くっきりと皺《しわ》を刻んだ顔は日に焼けて浅黒く、口元に覗《のぞ》く歯は下顎《したあご》の左犬歯が抜けていた。

清花も助手席のドアを開け、キャンカーが踏みしだいた草地に降りた。土井と木村が挨拶《あいさつ》を交わしているうちにトランクルームを開けて、持って行く物を準備する。運搬ボックスを抱えて土井の近くまで行くと、

「こちらは助手の鳴瀬くんです」

と、土井が紹介してくれた。

「鳴瀬です。よろしくお願いします」

なるべく人なつこい笑顔を作って頭を下げると、「ども」と木村も会釈した。空を旋回していたカラスの群れが、カア、カア、とけたたましく鳴く。気になってそちら

を見上げると、

「昔っからであんす」

と、言い訳のように木村が笑った。

「んだば、歩いで行きますか」

パトカーが止まっているあたりから先は、道がさらに細くなる。手入れもされず放置され、左右から藪が迫っているからだ。

「火事で燃えたと聞きましたが、これで消防車は入れたんですか？」

土井が訊《たず》ねると、「うんにゃ、入れね」と木村は頭《かぶり》を振った。

「大ぎい車は入れねえし、ここさあるのぁ昔の井戸だげだすけ、消防ポンプもあるけども、焼げ石さ水だったべさ。ぼうぼうど燃えでるの、集落がらも見えだがら」

持ちますか？　と手を伸ばすので、大丈夫です、と清花は答えた。キャンピングカーをロックした後は、土井が機材のボックスを運んで行く。昨夜の雨で下草が濡れ、それ以外の地面は泥だ。轍《わだち》ができているわけだから、火災が起きた家の住人は車を持っていたのだろう。そうでなければ、こんなところで暮らせるわけがない。

「市街地とはずいぶん離れていますね」

土井が話しかけると、木村は時折こちらを振り返りながら、

「んだ」

　と言って笑った。

「神月家どいうのぁ大金持ぢで、北前船でしこたま儲《もう》げで、自分の家《え》から隣村まで余《よ》所《そ》の土地踏まずに行げだほどだったと聞いてます」

「木村巡査もこちらの生まれだそうですね」

「そんだ。その下の」

　と、一本道の向こうを指して、

「集落の生まれだがら、ぅぢの親父が神月さんとごの鼎さんと一緒の学校だったです。親父の方が鼎さんよりわんつか若《わけ》ぇけども」

　そのまま歩いて行くと、風に乗って焦げた臭いが漂ってきた。分岐した細道が山のほうへと向かっていて、中腹あたりの竹藪が一部焦げているようだった。

　なるほど、あそこか。と、清花は思う。

　細道は石垣を組んで土塀を築いた場所へと続き、土塀の上に焼け焦げた柱の一部が見えた。塀には黒い門があり、黄色い規制線テープが張られていたが、門そのものは焼けていなかった。土塀と建物の間に距離があるため延焼を免れたものだろう。敷地がずいぶん広いのだ。

「あれですか」

土井が問うと、木村は「んだ」と短く答えた。

「火事出たとぎ、まだ電話通じてて、三浦《みうら》さんが消防呼んで。んでも火の回りが早くて、なんもできねうぢに母屋は全焼。鼎さんだって次の日になって見つがっだんだよ」

足を止めて屋敷跡を仰ぎ、

「おどなしくて賢い人だったげど、なんで油なんか被《かぶ》ったじゃろうか」

木村は静かに呟《つぶや》いた。

「焼身自殺と伺いましたが……」

土井は情報を求めているが、研究者の設定なのでしつこく話を聞こうとしない。木村の話に心を痛めているふうに、背中を丸めて悄々《しょうしょう》としている。土井にはどこか同情を誘う雰囲気があって、木村は親切に教えてくれた。

「んだ。消防で調べたの。したら、ずっぱど油（灯油）撒《ま》いた跡があったど」

「想像すると怖いですねえ」

土井の言葉に木村は首を大きく振った。周りに人などいないのに、近寄ってきて声を潜める。

「あっちゃこっちゃに撒いでたってさ」

清花は思わず土井を見た。

土井も一瞬視線をくれたが、すぐにとぼけた顔に戻って訊《き》いた。

「でも、母屋以外は無事だったんですよね」

「んだ。離れと土蔵は三浦さんが水かけて、ほんでねば、ぜんぶ燃えでらったと思います」

手押しポンプを押す仕草をしながら、

「じぇんこ持ち（金持ち）の家《え》だすけ、こったものがあってよ」

放水の様子を真似て、また歩き出す。木村の父が当主と近い歳だというなら、九十くらいになるのだろうか。末期ガンだったという話だが、病院ではなく山奥の屋敷で死ぬことを願っていたのだろうか。それにしても、あちらこちらに灯油が撒かれていたというのは、家守《いえもり》夫婦も道連れにするつもりだったからなのか。

神月鼎とはどんな人物か。清花は俄然《がぜん》興味が湧いてきた。

「亡くなった方のことは、よくご存じだったんですね」

脇から聞くと、木村は答えた。

「駐在だがら、月に一度や二度は様子見に来てました」

脇道は屋敷に向かって緩やかに坂を上がって行く。燃えた臭いが強くなり、上空に舞うカラスがこちらを見張っているように思う。ガア、ガア、ガアと、鳴き声は警戒しているかのようだ。

「カラスが多いのは巣があるからかな」

見上げて土井が呑気《のんき》に呟く。

「山奥だがら住みやすいんだべな」

坂道を上がって行くにつれ、敷地を囲う石垣は見上げる高さから足下へと変化していく。隙間に草が生えていることもなく、手入れが行き届いた石垣だ。土塀も立派なものではあるが、鼻をつく異臭は隠しようもない。坂の途中で土井は運搬ボックスを下ろし、マスクを出して木村と清花に配った。

「ども」

と、恐縮しながら木村は受け取り、

「臭ぐで鼻ぁ曲がるじゃ」

と、苦笑した。確かに吐き気がするほど酷《ひど》い臭いだ。土井は再びボックスを抱えて背中を伸ばし、申し訳なさそうな顔を作って言った。

「ぼくらは調査ができればいいので、木村さんまで現場におられなくても大丈夫ですよ。荒らしたりしませんし、相応に時間もかかるので」

眉尻《まゆじり》を下げてさらに言う。

「写真を撮って調査して……そうか。終了したら駐在所へ電話を入れましょうか？　何かなくなると困るというのであれば、そのときに確認して頂ければ」

「なんも、土蔵は人形がいるだけで、あれもはぁ……」

木村は土塀を見上げてため息を吐いた。火災臭は人体に多大な被害をもたらすもので、風向きによっては数十メートル先まで届き、届いた先の建物に悪臭が染みつくという。清花は火災現場の臭いを初めて嗅《か》いだが、燃えた物の臭いに糞尿《ふんにょう》臭や化学物質臭が入り混じる形容しがたい悪臭だった。木村は少し考えてから、

「んだば、終わったら電話してくれあんすか？」

と訊いてきた。

「まんず、鼎さんのごどはよぐわかってるつもりだったけど、蔵見だら、おっかなぐなってさ。あったら人形集めて何するつもりだったんだべな」

土井が清花に視線を送る。清花は黙って聞いていた。

「その人形が珍しいということで調査に来たわけですからね。何かわかったら、もちろんお伝えするつもりです」

と、土井が言う。木村は首の後ろを掻《か》きながら、

「蔵は竹藪《たけやぶ》の前にありあんす。その脇が三浦さんの離れで……」

「家守の夫婦がおられると聞いていますが、三浦さんというのがその人たちですね？」

「んだ。ご主人が成義《しげよし》さん。奥さんがめぐみさん」

「その方たちはまだお住まいで？」

木村は二度ほど首を振り、

「どんだべ、こったら臭《くせ》ぇじゃ、とてもじゃねぇけど住めねど思ぅが」

と苦笑した。

「消防や警察来るがら『下』に宿借りでるけど、家の道具がまだあるがら、片付けに来るがもしれね。したら木村に許可取ってあると喋ってください」

「わかりました。火事場泥棒と間違えられちゃ、ことですからね」

「こっちがら電話してみあんすけれど、蔵の中、勝手に触ったと思われちゃ不味《まず》いので」

「人形は有名作家の作品ですか」

清花が訊《たず》ねると、木村は目をしばたたいて顔をしかめた。

「それが、なんだかさっぱり、わげわがらないです」

と呟いた。

「ああいうのを津軽あたりじゃ『うだで』と言ぅべな。『うだで』は『気味悪い』とか『どうしようもねえ』ってことであんす。誰が作ったかわがらねえけど……くれるど言《へ》られでも、わぁだば断《ことわ》ります」

眉尻を下げて苦笑してから、

「んだば、お言葉に甘えで駐在所に戻ってますんで、用が済んだら電話ください。あど、焼げ跡のほうは危険だがら、近づがねようにしてください」

「わかりました」

土井が請け合うと、木村は軽く頭を下げて坂道を下って行った。その場でしばらく彼を見送り、

「行こうか」

と、やがて土井は清花に言った。山の上を飛んでいたカラスは竹藪に下り、黒く鈴なりになっている。ますます強くなる火災臭を嗅ぎながら、昨晩雨が降って幸いだったと清花は思った。長時間空中を漂うというアルデヒドやトルエンや塩化水素などの有害物質が、少しは地面にとどまってくれるだろうから。

土塀には黒塗りの立派な門がある。あまりに威風堂々とした佇《たたず》まいは、むしろ異様な感じを受ける。木村の姿が遠くなったことを確かめてから、清花は言った。

「山奥の一軒家というよりも、山奥に突然現れた豪邸という感じですね」

「東北地方の伝承に聞くマヨヒガみたいだと、ぼくも考えていたところだよ。黒い門だしね」

「マヨヒガは黒い門なんですか？」

「柳田國男《やなぎたくにお》の『遠野《とおの》物語』ではそうなっていたはずだよ。黒い門で、中に入ると鶏や牛や馬がいるんだ」

黒門の潜り戸は鍵《かぎ》が掛かっていなかった。土井が入るのを待って後を追い、内部を覗《のぞ》いて清花は言った。

「残念。鶏も馬も牛もいませんでしたー」

和風の庭が焼け残っていた。立派な松や手入れの行き届いた柘植《つげ》の木は熱風で枝が焦げ、石灯籠《いしどうろう》は煤《すす》が積もって汚れていた。飛び石はきれいなものもあったけれど、玉砂利は泥まみれになって、奥で母屋が瓦礫《がれき》の山と化していた。火災現場の燃え跡はふつう、家財道具とか日用品とか、色のある物が若干燃え残るものだけれども、この現場は黒々とした炭一色だ。焼け残って墓標のように立つ柱さえ、真っ黒なうろこ状になっている。当主の遺体が見つかったのも翌日になってからだという木村の言葉は、それ以上の意味合いを含んでいたようだ。

よほどの勢いで燃え落ちた。遺体が人の姿を留《とど》めていたかも怪しいものだと清花は思う。進入通路が狭すぎて消防車は入ってこられず、建物は焼けるに任されたのだ。屋敷専用の消火設備は離れや土蔵の延焼を防ぐだけで精一杯だったらしい。

「よく燃えてるなあ」

マスクの下で感心したように土井が言う。

敷地内に入ってみると、土塀がL字形であり、建物の正面と坂下側の一部を囲っているだけとわかった。正面は黒門の先で塀が終わって、山の斜面につながっている。敷地の裏側にも塀はなく、竹藪の山が見えていた。水の流れる音がするから、裏手にせせらぎがあるようだ。

焼け落ちた母屋の右手前、ちょうどL字の角に当たる部分に平屋の離れが建っていて、玄関脇に井戸と消火用ポンプの設備があった。離れ自体も灰や煤で汚れていたが、庇《ひさし》の一部に焦げ跡がある以外、大きな疵《きず》は見当たらなかった。玄関脇に立てかけてあったとおぼしき笊《ざる》や筵《むしろ》や竹箒《たけぼうき》などは、地面に落ちて散らばっている。

「鳴瀬くん」

と、土井が言う。さっきまでのとぼけた表情はすでになく、二重まぶたの大きな目が眼鏡の奥で光っていた。

敷地裏側、せせらぎと竹藪の方角に二階建ての土蔵が建っている。梁間《はりま》二間（約3

メートル60センチ）ほど、腰巻は切石積みのモルタル仕上げ、上部は白漆喰《しろしっくい》塗りで屋根は切妻《きりづま》、鉄板葺《てっぱんぶき》だ。ただし装飾は控えめで、窓周りや鉢巻きなどはあっさりしている。もっと重厚で意匠を凝らした土蔵が出てくると思っていたのに、『じぇんこ持ちの家』らしさはなく実用的な造りに見えた。入口もシンプルな板戸である。

「変だよね？」

清花の方を見もせずに、土井はまっすぐ土蔵へ向かう。

「何が変なんですか？」

訊《き》くと土蔵の正面に立ち、

「扉も窓も塗り籠《ご》めになってない」

と、振り向いた。

「なんですか？　ヌリゴメって」

「普通、お金持ちの土蔵ってのは、宝物を守って保管するためのものじゃない？　何から守るかといえば、泥棒と火事だよね？　防火用の分厚い扉が外側にあって、有事には扉を閉めて、泥で塞《ふさ》いで中の物を守ったわけだ」

「ああ……たしかに……田舎に行くとよく見ますよね。分厚い土の扉が観音開きになっていて、その中に鉄の格子戸とかあって、最後が木の扉でしたっけ？」

「大体あってる……と、思う」

と、土井は頷《うなず》き、

「ぼくもあまり詳しくないけど」

そう付け足して、土蔵の石段部分に荷物を下ろした。

この土蔵は板戸しかないし、二階の窓も塗り籠めではなく鉄格子を張ってあるだけだ。入口の板戸にはシミがあり、壁の漆喰も汚れている。

「ふうむ」と土井は顎《あご》に手を置き、「比較的新しいのか」と、呟《つぶや》いた。

「建てたばかりってことですか？」

「そうは言っても五十年やそこらは経ってるだろうね。明治や大正の建造ではないって意味だよ」

「どうしてわかるんですか」

振り返って土井は言う。

「さっきも言ったように貴重品の保管用に建てられたわけじゃなさそうだから」

清花は煤で汚れた土蔵を見つめた。

「……じゃあ……何のための土蔵ですか」

「わからない。立地的にも穀物や農機具の保管庫じゃなさそうだし……座敷牢《ざしきろう》とか」

不気味なことを真面目に呟く。そうでなくとも人が焼け死に、火災臭が漂う山奥の一軒家だ。今日は天気がいいけれど、この場所は庭木のせいで薄暗く、木村が『いらね』と言った人形も蔵の中にあるという。清花はポケットに手を突っ込んで、グミのケースを取り出した。桃味とリンゴ味を選び出し、マスクの隙間から口に運んだ。

「食べますか？」

と、差し出すと、土井は、

「いや、けっこう」

と頭《かぶり》を振った。運搬ボックスから手袋を出して、清花にカメラを渡してよこす。

「まずは扉を写そうか」

二つのフルーツが混じり合い、口の中だけは爽《さわ》やかになった。香りと甘みに神経を集中させて清花は自分を奮い立たせる。たかが人形じゃないか。自分たちをここへ来させた返町の思惑についてはあまり考えないことにする。

そうよ。ただの人形じゃない。

清花はカメラを受け取ると、大切な機材を落とさないよう白衣の上からカメラストラップを装着した。外観を何枚か撮ってから、土井が土蔵の板戸を開く。

大きな羽音を立てながら、カラスが藪《やぶ》を飛び立った。

第三章　笑わない花嫁たち

土蔵内部は真っ暗だったが、戸が開いたことで明かりが差し込み、床に近い部分だけがぼんやりと光に浮かび上がった。中央部分は空いていて、床板の木目は埃《ほこり》で汚れ、灯油の臭いが鼻をつく。

「ここにも灯油を撒《ま》いたんでしょうか」

火災臭で鼻が馬鹿になりかけていて、どこにいても灯油の臭いを感じる気がした。清花は土蔵の外から内部の床を写真に撮った。フラッシュを焚《た》くと内部が光り、もう少し様々な物が見えた。壁の両側にみっしりと置かれている物だ。すべてが布で、随所になまめかしく赤色が覗く。布は折り重なりながら奥の方へと続いている。首を伸ばして目をこらし、清花は気付いた。ほとんどが金糸銀糸を織り込んだ花嫁衣装のようだった。それらの裾《すそ》の部分だけが、入口から差し込む光に浮かび上がっていたのだ。

歌う人形の話を思い出し、足下から怖気《おぞけ》を感じた。

「やだ……冗談でしょう……土井さん、土井さん、花嫁衣装じゃないですか！」

文句を言って振り向くと、土井はすぐそばに立っていた。土井のせいではないけれど、この気持ち悪さをどうしてくれよう。

「ほんとうだー」

と、土井は呑気《のんき》に言った。

「先《ま》ずは靴カバーをしようか、鳴瀬調査員」

土井に言われて、事件現場に臨場するときと同様に、安全靴の上からビニールカバーを装着した。土蔵には裸電球が下がっていたが、火災時に配線が切れたために明かりは点かない。土井は運搬ボックスをかき回し、携帯用ライトとペンライトを取り出した。ペンライトは自分のポケットに入れ、携帯用ライトを清花に渡す。明かりを点《つ》けて立ち入ると、灯油の臭いとかび臭さに混じって微《かす》かな匂香《においが》を感じた。京都や金沢《かなざわ》などで土産物に売られている匂い袋のような香りだ。古い時代の白粉《おしろい》の匂い。鬢付《びんつ》け油の匂いかもしれない。マスクをずらして空気を嗅《か》ぐと、よりはっきりと匂いを感じた。そろそろと明かりを上に上げると、豪華な衣装の上に真っ白な人間の顔が現れた。

「……わ……驚い……た」

思わず語尾を飲み込んだのは、一体だけではなかったからだ。清花はライトを持ち上げて、蔵の奥まで明かりが届くようにした。

匂香の正体はこれだ。人形はどれも花嫁姿で、衣装に焚き込められたお香と日本髪のカツラに用いた鬢付け油が香っていたのだ。

左右の壁に何体もの花嫁人形が並んでいる。すべて実物大で、白無垢《しろむく》姿の花嫁もいれば色打掛に文金高島田の花嫁も、黒留袖《くろとめそで》に角隠し、ウエディングドレスにベールを被《かぶ》った花嫁もいる。明かりを向けると口元の紅がぽっちりと浮かぶ。花嫁たちは微笑むことなく、唇を真一文字に結んでいる。

婚礼衣装の展示場よろしく何体もの花嫁人形が立ったり座ったりしている様は、清花の思考を一瞬奪った。自分がいまどこにいて、何をしようとしていたのか、物言わぬ人形たちに気圧《けお》されて、すべて吹き飛んでしまった感じだ。マネキンのような汎用《はんよう》品ではなく、ふくよかな者、痩《や》せた者、二十歳そこそこに見える者、三十路《みそじ》に近い者もいて、入口近くの花嫁などは、まだ幼さが残る顔立ちだった。

山でカラスの鳴く声がする。

土蔵に風が吹き込んで、花嫁かんざしのビラがサラサラ揺れた。

「これ……なんですか？」

訊《たず》ねるために土井を振り向き、生身の人間の顔にホッとした。さえない黒縁眼鏡の奥で土井も目を丸くしている。こけた頬に無精ひげ、マスクで見えない口元はポカンと開いていることだろう。

「……なんだろう」

と、土井は言い、白衣のポケットからペンライトを出して一番近くの人形に当てた。幼い顔の人形は金糸銀糸で鶴を刺繡《ししゅう》した色打掛を羽織っていた。角隠しから覗《のぞ》いたかんざしは鼈甲《べっこう》で、赤い珊瑚《さんご》玉がついている。土蔵は人形がいるだけだと木村は言ったが、衣装とかんざしだけでも相応の価値がありそうだ。

土井のペンライトに照らされて、うつむき加減に伏せた花嫁の目が薄く光った。埃で少し汚れているが、ガラスの眼が反射したのだ。ぽっちりと紅をひいた唇は口唇紋までリアルに再現されている。輪郭は下顎《したあご》が膨らんだホームベース型。つぶらな眼に丸い鼻、左目の下と唇の脇に黒子《ほくろ》があって、もみあげのあたりに産毛が見えた。

「え」

清花は間近にライトをかざして花嫁の顔に目をこらした。あまりにも精巧な造りは蠟《ろう》人形だろうか。蠟人形は肌の質感を含め、これほどまで実物に似せることができるのか。実在する誰かに似せて、眉毛《まゆげ》も睫毛《まつげ》も植え込んで、口唇紋までそっくりに？

ライトを揺らすと頬で産毛が影を作った。

「……土井さん」

そう言っただけなのに、

「うん」

と、土井は頷《うなず》いた。清花はゴクリとつばを飲む。

隣の人形はこちらに背中を向けていた。そのまた隣の人形は床に正座をした姿。さらに隣では白無垢姿の花嫁が両目を閉じて立っている。清花は白無垢の一体に近づくと綿帽子を覗き込み、ライトの光を当ててみた。年の頃は二十歳前後。瓜実顔《うりざねがお》の美人であった。ぽっちりと紅がひかれた以外、顔全体を真っ白に塗られている。ライトに睫毛の影が浮かんだ。長いけれども自然な睫毛だ。ドキ、ドキ、ドキ……心臓が内側から胸を叩《たた》いて、反動でむせそうだ。清花は明かりを上下させ、白い肌に浮かび上がった影を見る。どの人形も人中《じんちゅう》の周りにうっすらと産毛が生えている。

「産毛までありますよ――」

清花は土井にはっきり言った。

「――信じられない……どうしてこんな……」

土蔵の奥へ明かりを向けると、二階へ上がるための階段が天井から直《じか》に下がっていて、素通しの蹴込《けこ》み板から、その裏にいる花嫁たちが確認できた。土蔵の内部では、片側に六体、反対側の壁に五体、階段の裏には三体の花嫁が床に座らされていた。

「蠟人形でしょうか。それとも……」

土井は答えず、階段を見上げているだけだ。

手すりすらないそれは階段というより梯子《はしご》のようで、天井に開いた穴から二階へ上がる仕様である。土井はじっと天井を眺めて、おもむろに梯子段を上がって行った。下で清花が見守っていると、土井は最上段に立ったまま、

「二階は空だ。花嫁はいない」

と言い置いて、そのまま天井の穴に消えた。

踏み板にカメラをぶつけないよう背中側に回すと、清花も土井を追って梯子段を上がった。天井の穴から顔だけ出して二階を見ると、そこは不思議な空間だった。蔵の入口上部にあるたったひとつの窓から明かりが射して、板の間に格子の影を落としている。その場所に、長方形の赤い座布団が敷かれていた。座布団の脇には蓋《ふた》を閉めたままの長持が置かれ、長持の上に何冊かの絵本と、手鞠《てまり》と、クマのぬいぐるみが載せられていた。携帯式のルームランプとウールの膝掛《ひざか》けが床にあり、放り出された体で床に転がっていたオルゴールを拾い上げて土井が鳴らすと、『星に願いを』のメロデ

ィーが流れた。それ以外には何もない、だだっ広いだけの部屋だった。

「どういうことですか？」

清花が訊《き》くと、土井は「さあ」と首をかしげた。

「子供の持ち物に見えますけれど……こんなところに子供がいたってことですか」

「どうなんだろう……そうなのかなあ……」

直前に担当した事件を思い出す。守るため、もしくは隠すため、こんなところに閉じ込められた子供がいたのか。でも、それにしては生活感がなさ過ぎる。この感じは何かに似ている、知っている、と思ったけれど、それが何かはわからなかった。

梯子段を上りきり、絵本を手に取ってみた。すべてが民話を題材にした本で、そのうち一冊の発行情報を確認すると、刊行年は平成二年となっていた。本自体はキズもなく、読まれた形跡はなさそうだった。桃香が大好きな絵本『すてきな三にんぐみ』は、繰り返し読まれてノドの部分がユルユルになっているからだ。対してクマのぬいぐるみは使われていた形跡があり、口の部分に糊《のり》のようなものがこびりついていた。子供がごはんをあげていたのだ。座布団や、糸を巻いて作った手鞠は新しい。

「わけがわからない。なんなんですか、この蔵は」

一番の謎は一階にある人形だ。天才人形師の作だとしても生々しくて不気味さを感じる。返町が『先入観なしに見てきて欲しい』と言った理由を考えるにつけ、胃袋がせり上がってくるようだった。

清花は絵本を長持の上に戻すと、梯子段の穴から下を覗いた。さっき見たものが間違いだったと思いたかったが、穴の下には花嫁たちの衣装の裾《すそ》が絢爛《けんらん》豪華に広がっている。顔をしかめて照らしているうちに、清花はふと気がついた。ウエディングドレスの裾である。純白であるべきはずが、汚れているように見えたのだ。床の埃《ほこり》を吸ったのだろうかと思ったが、それにしては黒い気がする。

階下へ首を伸ばしていると、土井が呟《つぶや》いた。

「やっぱりだ……鳴瀬くん。ここはおかしくないですか？」

抑えた声があまりに不気味で寒気がした。

「ムードたっぷりに喋《しゃべ》るのやめてください。ゾッとするじゃないですか」

土井は天井を見ていたが、眉毛をハの字にして振り向くと、

「やーだなー、怖がらせる気はないけどさ、なんとなく、下の人たちに聞かれちゃマズい気がしてね」

下には『人たち』なんかいない。いるのは不気味な人形だけだ。

「ほら見てよ。鳴瀬くんは、何か気がつきませんか？」

土井は天井の梁《はり》をぐるりと指して、部屋の広さに注意を促す。

ここへ上がるための梯子段は、土蔵の後方、入口を背にして右奥にある。梯子段の後ろには三体の人形がいて、どれも床に座っていた。自分たちは梯子段を上って来たのだから、二階へ上がってきた穴も、建物の後方右端に開いていることになる。

「そうか。あれ？」

振り返ると、穴の後ろは何も置かれていない木の床だ。対して座布団が敷かれた場所は、長持の奥にけっこうな空間が続いている。座布団と長持の真下あたりで三体の花嫁が壁に寄りかかっていたが、これほど広くはなかったはずだ。

「一階と二階で床面積が違うんですね」

「気付いたね？　じゃ、もう一度下を調べよう」

そう言うと、土井は清花より先に梯子段を下りた。清花が手にした携帯用ライトが、天井の梁をいびつなかたちに照らしている。闇は四隅に凝《こご》っていて、膝《ひざ》を抱えた子供がそこから自分を見ているような錯覚が起きる。梯子段の穴に腰掛けて体を先に下ろし、最後までライトで二階を照らす。だだっ広い部屋に薄闇が戻るとき、誰かの安堵《あんど》のため息が聞こえたようでゾッとした。

梯子段を下りきると、さっき気になったドレスの裾を確認してみた。

汚れの正体は土だった。まさかと思って他の衣装も調べると、やはり土がついている。立ち姿の花嫁の打掛をめくってみると、外を歩いて来たかのように白足袋《しろたび》が土で汚れていた。

「……なんなのよ……もう……」

『歌う花嫁人形』の噂が脳裏をよぎった。あれはラジオ電波を受信したものだと、そう言ったのは自分じゃないか。でも、これは土なので……跪《ひざまず》いたまま恐る恐る人形の顔を見上げていると、

「鳴瀬くん」

と、土井に呼ばれてビクンと跳ねた。

「もう、やだ……ここって、もっとパーッと明るくできないんですか？」

八つ当たりのように言ったけれども、事件現場のようにライトを照らせないことはわかっていた。自分たちは刑事ではなく調査員としてここにいるのだ。土井は清花の愚痴など聞こえない顔で、梯子段の奥に並ぶ三体の人形を調べていた。

「手を貸してくれないかな……これをどかしたいんだよね」

人形が薄気味悪すぎて清花は無意識に眉《まゆ》をひそめた。

腐乱死体や惨殺体の検視では犯人への怒りが先に立ち、気持ち悪いと思ったことは

一度もない。死体に群がる蛆《うじ》を一匹ずつピンセットで除きながら、考えるのはいつも死者の無念だ。この人はおまえらの餌じゃない。こんな姿で最期を迎えるために一生懸命生きてきたわけじゃない。そう考えるから平気であった。なのに美しい花嫁人形は気味悪い。たぶん土井も同じ気持ちでいるから、手を貸して欲しいのだ。

「わかりました。待ってください」

清花は手袋を外すと、グミのケースから闇雲に三粒を選んで口に入れた。何味かわからずに食べるグミは甘酸っぱいだけの代物だが、少なくとも自分が現代に存在していると信じられる味だ。火災臭、かび臭さ、蔵に漂う白粉《おしろい》や衣装の匂香《においが》、歩いたように汚れた花嫁衣装の裾やカラスの鳴き声などが相まって、異世界に迷い込んだかのような恐怖に駆られていても、これは現実。口の中が甘いじゃないか。

グミのケースをポケットに戻すと再び手袋をはめて、清花は土井の前にしゃがんだ。梯子段《はしごだん》の奥に置かれた三体はどれも洋装で、頭からすっぽりとベールを被《かぶ》っている。ベールが明かりを反射して顔が見えないから余計に不気味だ。中央の一体にとりついて脇の下に手を添えると、埃まみれの干物のような臭いがした。

「いちにのさんで持ち上げよう。少しだけ前に出せればいいから」

「わかりました」

と、答えたときには、人間を抱き上げる程度の重さを覚悟していた。

「いくよ、いち、にの……」

さん、で持ち上げたとき、驚いた。人形は軽く、床に足を投げ出したままの姿勢で固まっていた。警察で蘇生《そせい》法教育のために用いる模擬人体と同じか、少し重いくらいの手応《てごた》えで、見かけはきちんとしている割に抱き上げた感触はあっけなかった。張りぼてだ。精巧すぎる張りぼてなんだ。清花はますますわからなくなった。

「なんですかこれ？」

天才人形師が作った花嫁人形。完璧《かんぺき》に作り上げられた人のレプリカ。精緻《せいち》を極めすぎて夜な夜な歩くようになってしまった花嫁たち。当主はそれを恐れるあまり、心を病んで自殺した。そういうことが頭に浮かんだ。

「なんだろう？」

土井も首を傾げている。軽いことがわかったので、土井は他の二体も脇へ寄せ、人形が寄りかかっていた壁をむき出しにした。ライトを当てて見回すと、

「やっぱり。この奥に部屋がある」

土井のライトが壁の一部をなぞっていく。白漆喰《しろしっくい》を塗った壁は、床の近くに人が屈《かが》んで入れるほどの四角い線がついていた。人形の尻《しり》があったあたりにマッチ箱程度の

凹《へこ》みがあって、指を入れると四角い板がカタンと外れた。板を上げ落とすることで開閉できる倹飩《けんどん》式になっていたのだ。振り向きもせず、土井は穴の内部をライトで照らした。生臭さと腐った水が入り混じったような臭いがする。

「わざわざ床を掘り下げてあるね」

「どういうことですか？」

「わからない……作業場みたいだ」

ちょっとだけ清花を振り返り、「行くよ」と小さく頷《うなず》いた。

こうした土井の何気ない仕草で、清花は彼がボスであることを思い知る。

いつの間にかカラスの声が聞こえなくなった。開け放したままの扉の先には家守《いえもり》が住んでいる離れがある。太陽がさらに昇って裏庭を照らし、その光が反射して、さっきよりも花嫁たちがよく見える。清花は入口まで移動して土蔵の扉をぴったり閉めた。万が一家守の夫婦がやって来た場合、人形以外のことを調べていると思われたくない。扉を閉めておけば声が掛かるか、板戸をガタガタ言わせる音で来訪者に気がつくはずだ。内部はたちまち暗くなり、携帯用ライトを下げて戻ったとき、土井の姿は消えていた。

茶室のにじり口程度しかない穴の先には三段程度の石段があり、そこから下は土間だった。三和土《たたき》に溝が掘ってあり、建物の外へと続いていた。広さは八畳程度しかなく、溝に渡すようにして細長い台が置かれていた。つやつやとした木目の台だ。床を掘ってある分だけ天井が高く、二階の梁がむき出しになっている。窓はないが通気のための穴はあり、壁の隙間から入った光の筋が梁の下を通っていた。ライトで照らすと天井に梁の影が浮く。カビや埃《ほこり》とはまた別の、背中を逆なでするような臭いがする。台のほかには大きな桶《おけ》が何個かあって、三和土に突き出た手押しポンプで地下水をくみ上げられるようになっていた。壁に道具を置く棚があり、特殊な鎌や匕首《あいくち》、スクレイパー、パテ、針や麻糸、表面が湾曲した作業台と椅子、片隅にビニール製の袋や大量の木毛《もくもう》が積み上げられていた。

桶の内部をライトで照らしていた土井は、作業台に近づくとペンライトを台に置き、棚に整理されていた匕首の鞘《さや》を抜いた。清花も土井のそばへ行き、よく見えるように明かりを向ける。匕首は特殊な刃の形状をしていた。

「自家製かな。独自に加工したのかも」

どう使うものなのか、土井は手に持って確かめる。刃の形状は湾曲した作業台と合致しており、何かをこそげ落とすのに都合が良さそうだ。清花も作業台に置いた明かりで部屋を見渡す。なんて奇妙な造りだろうか。内部は掃除が行き届き、ゴミはない。木毛のほかに積まれているのは大袋に入った白い粉で、『ミョウバン』という表記と製薬会社の名前があった。脇に積まれた新聞紙の日付は五年以上前のもの。土井は匕首を元の場所に戻すと、ポンプに近寄って中を覗《のぞ》いた。それから清花のほうを向き、

「悪いけど、外へ出て井戸から水を汲《く》んできてくれないかな？」

と言った。

「わかりました。飲むんですか？」

「そうじゃなく。ポンプは呼び水をしないと使えないんだよ」

装置の内部を水で満たすことにより、パイプ内を真空にして井戸水を吸い上げる構造になっていると言う。携帯用ライトをその場に残し、土井のペンライトを持って、清花は花嫁たちの部屋へ戻った。暗闇に人形の顔が浮かび上がるとゾッとするので足下だけを照らして進み、扉を開けて外に出る。

とたんに頭上で羽音を聞いた。見れば、離れに近い柿の木にカラスが数羽止まっている。清花を見ると大きな声でガアと鳴き、一羽が飛び立って井戸の縁に着地した。

その井戸にも手押しポンプがついていた。歩み寄るとカラスは逃げて、離れの屋根に飛び上がった。首を傾げてこちらを見ている。

　手押しポンプのハンドルを上下させると、こちらはすぐに水が出た。現役で使用されているからだ。どうやって水を運ぼうかと見回すと、離れの玄関脇に置かれた道具に気が付いた。ほとんどが農作業や庭仕事に使う道具だが、ポリバケツがあったのでそれを借り、半分ほど水を入れて土蔵に戻った。石段に脱いでいた靴カバーを装着し、ペンライトを咥《くわ》えて板戸を閉め、水をこぼさないよう気をつけながら奥まで運ぶ。

　穴のところで待っていた土井がバケツを受け取って奥へ行き、空のポンプに呼び水を入れる。ガチャガチャとハンドルを上下させることしばし、本当に水が湧き出した。

「呼び水なんて知りませんでした」

「無理ないよ。今は蛇口をひねれば水が出る時代だからね」

　呑気《のんき》な調子で言いながらも土井の眼差《まなざ》しは真剣だ。ジャバジャバと三和土に水を流していると、やがて水は溝に落ちて建物の外へと流れていった。

「なるほど」

　土井はポンプを押すのをやめた。

「床に勾配《こうばい》があって排水できるようにしてるんですね。最終的に水がどこへ流れていくのか、建物の裏へ行ってみますか？」

　清花が訊《き》くと、「後にしよう」と、土井は答える。

「それより、ここを撮影し終えたら人形のサンプルを取ろうか」

やはりそう来たか、と思ったとたんにアドレナリンが体中を駆け巡る気がした。機材の運搬ボックスで鑑識道具も持ち込んでいる。それは土井と清花が二人して、こういう事態を想定していたからだ。作業部屋の内部をつぶさに写真に撮ってから、清花と土井は穴を出て倹飩式の戸を閉じた。


人形はすべて人さながらに作られていたが、微笑んでいるものは一体もなく、どれも慎ましやかに唇を結んでいた。完全に目を開けているものもなく、多くは瞼《まぶた》を閉じており、たまに薄目を開けている場合はガラスの瞳《ひとみ》がはめられていた。

サンプルを採取するなら傷つけても外観に響きにくい部位がいいと二人で検討した結果、首筋上部のカツラで隠れる頭部から微細なサンプルを採ることにした。人形の背後に回り込み、日本髪のカツラをずらす。と、下には自毛が生えていた。

清花は無言で土井を見た。カツラがあるのに自毛を植え込む必要はない。ぞわぞわと悪寒が背中を這《は》い上がってきたけれど、敢《あ》えて言葉にしなかった。彼女たちに聞かれるからだ。土井ではないが、清花もそんな気持ちになっていた。

土井は花嫁衣装の襟首をひき、伸び上がるようにして背中を覗いた。初々しい色気

を感じさせる背中はなめらかだ。手袋をはめた指先で横一文字に優しくなぞり、

「パテ様のものを下塗りして、上から白粉《おしろい》を塗ってあるんだ」

と、静かに言った。厭《いや》な予感がますます募る。

清花はカツラをさらに持ち上げ、指先で自毛の生え際をなぞってみた。手応《てごた》えを感じ、ライトを当ててよく見ると、耳の後ろに縫い目があった。後頭部の下を通って別の耳まで、髪の毛に隠れる場所で縫われている。うなじの中央から背中にかけても別の縫い目があるとわかった。土井が言ったようにパテ様のもので埋め、周囲の肌となじませてある。鼓動はますます速くなり、ズキンズキンと頭が痛んだ。その切り方は司法解剖で解剖医が頭蓋骨《とうがいこつ》をむき出しにする場合と同じだ。さらに背骨に沿って切開し……縫い合わせた理由は何なのか。清花は不快で吐きそうになった。やっぱりただの人形じゃない。伏せた瞼と閉じた口、美しく白粉を塗られたその顔は……デスマスク、と、清花は心で呟《つぶや》いた。

白粉やパテで加工されていない部分から皮膚片を採り、ビニール袋に入れて番号を書き入れ、同じ番号の札とともに人形たちを写真に収めた。彼女たちの指には爪も指紋も残されて、襦袢《じゅばん》の下には脚があり、足袋《たび》を脱がせれば足の爪まで揃っていたが、清花はもう驚かなかった。嫌悪を含む妄想は目眩《めまい》がするほどだったけど、なぜかそれ

にも耐えられた。恐怖よりも怒りが勝ってきたからだと思う。

壁に向けられていた花嫁は正面に直して写真を撮ったが、総じて重さはあまりなかった。動かしてみてわかったが、帯や打掛、着物の裾《すそ》は乱れにくいように糸で着物や襦袢に縫い付けられていた。皮膚は薄くて張り子のようで、冷たいかといえばそうでもなく、白く塗られてはいるけれど、黒子《ほくろ》や肌理《きめ》は確認できた。調べるほどに、たった一つの答えが清花の考えを支配していく。土蔵の内部に漂っていたのは濃厚な死の臭いで、気持ちをしっかり持っていないと、それに心が負けそうになる。

「神月鼎は何者ですか」

最後のサンプルを採り終えたとき、清花が訊《たず》ねると土井は答えた。

「ぼくもそれを考えていた」

「作ったのは彼なんでしょうか」

土井は隠し部屋のほうを見ながら、

「かもしれない。いや、どうだろう――」

と、静かに答えた。あの部屋は長いこと使われた形跡がない。けれども井戸は機能した。道具は手入れが行き届き、カラスは竹藪で鳴いている。

「――返町の勘、恐るべしだな」

自分の想像と同じ答えを土井が持っているかはわからない。いや、たとえそうだったとしても、ここでは口にしたくない。隠し部屋にあった木の台と、下に掘られた溝とポンプ。大きな桶《おけ》と道具類。ミョウバンと大量の木毛、糸と針、ほかには粘土や特殊な刃物。それらがグルグルと頭の中を駆け巡っている。十四体の花嫁は一人として同じ顔がない。身長も体型も様々だけど、人間としての重さはなくて案山子《かかし》のようだ。いや、違う。案山子ではなくて本当は……二人は互いに無言のままで、回収し終えたサンプルを運搬ボックスの奥に隠した。

すべてが済むと板戸を開け、マスク越しに害毒の混じった火災臭の中で呼吸した。離れから拝借したバケツを戻し、物陰に運搬ボックスを置くと、手袋を外して庭を進んだ。

内部の構造を考慮しながら土蔵の裏手へ向かって行くと、敷地と竹藪《たけやぶ》の間に崖《がけ》があり、下には幅一メートルほどの沢が流れていた。切石で囲われた土蔵の土台は沢に面して排水口が作られており、隠し部屋から流れる水は沢に排水できる構造だ。沢を上がった裏山にカラスが群れを成している。鳴き声が聞こえなくなったと思ったが、黒々と竹藪に止まってこちらを見ていた。清花や土井を怖がる様子は微塵《みじん》もなくて、大きな目をこちらに向けて一様に首を傾げている。何か言いたげだと清花は思った。

土井はソロソロと地面に屈《かが》んで、親指の頭ほどの小石を拾った。立ち上がって竹藪を見上げ、おもむろに石を投げ込む。驚いた群れが一斉に飛び立つだろうと思っていたのに、カラスはびくともしなかった。竹が揺れ、ちぎれた葉っぱが舞うだけだ。

「……なるほどね」

と、土井は静かに言った。カラスは人に慣れているのだ。竹藪から屋敷を見張っていたのだろう。呼び水を汲《く》みに外に出たとき、何羽かが離れの近くに集まっていた。あれも様子を見ていたわけか。

凶悪犯罪を扱う部署で長く働いていると、普通の人とは感覚が乖離《かいり》してしまうことがある。なるほどね、と、土井が呟いた言葉の意味が清花にもわかる。昔っからであんす。と、駐在所の木村が頭の中で苦笑する。昔っから、ここはカラスが多いのです。餌場があるから棲《す》み着いたのだ。そして人を恐れなくなった。清花はカラスも写真に撮った。それからカメラをスマホにつないでデータを移動し、万が一誰かに確認されたときのために、人形の調査員らしからぬ画像をすべて本体のメモリから削除した。

竹藪のカラスは、また上空を飛び回り始めた。餌を催促するかのようにカア、カア、と鳴いている。家守《いえもり》の夫婦はついに姿を現さなかった。再度焼け跡の脇を通るとき、炭と瓦礫《がれき》の山になった火災現場も写真に収めた。きれいに燃え落ちた屋敷の跡は基礎部分すら判別不明で、それがどんな豪邸だったか、まったく想像できなかった。崩れた壁土、炭になった柱、真っ黒なゴミの山になった畳や家財は、家主の遺体の酷《ひど》さを思わせた。蔵の所業が誰の仕業でも、立ち止まって神月鼎に手を合わせる。

土井も運搬ボックスを地面に置いて清花の隣で合掌した。

カラスはまだ鳴いていた。

黒門から外へ出るとき、清花は何の気なしに敷地内を振り返って見た。何かが気になったわけではないし、何かを感じたわけでもなかった。火災現場を通った安全靴に煤《すす》が付き、それが敷石を汚したかもしれないと、そんな程度のことを考えて、振り向きついでに庭に目をやっただけだった。見えたのは母屋の焼け跡、あの土蔵、土蔵と離れの間にあるアセビの木、井戸と柿の木、犬柘植《いぬつげ》の丸く刈り込まれた枝……その下に何かが見えた。小花模様の黒い着物に銀の帯、紅白の帯留めをして赤い志古貴《しごき》を締めた子供の、帯から下だ。

「土井さん」

先生と呼ぶ約束も忘れて清花は潜り戸を戻り、もう一度離れの脇に目をこらしたが、そこには庭木の影があるだけだった。

「なに、どうした？」

と、土井が訊《き》く。そんなはずない。確かに見えた。小花模様の黒い晴れ着と赤い志古貴の子供があそこに。だが、その場所には何もない。そもそもこんなところに子供が一人でいるわけがない。

「鳴瀬くん？」

土井が潜り戸から顔を覗《のぞ》かせた。

「いいえ。気のせいでした」

土井は幾分か目を細め、「大丈夫？」と、また訊いた。

「大丈夫です。というか、離れの脇に晴れ着の子供を見たような……」

運搬ボックスを抱えて戻ってくると、土井もそちらを眺めたが、木が影を作っているだけで何もない。

「気のせいかしら……もしも子供が……というか、子供の着物を見たように思ったんですけど」

木陰に目をこらしていた土井は薄く笑った。

「……あれじゃないかな？　実はぼくも花嫁衣装の豪華な柄が頭にこびりついて困っ

てるんだ」

少し考えてから、言い足した。

「鳴瀬くんの娘さんは六歳で、今年七五三だったよね？」

たしかに桃香は七五三を祝ったばかりだ。自分がこういう仕事だから、必ず休みを取れる日にと、少し早めてお祝いしたのだ。お宮参りに義母《はは》が用意してくれた四つ身の着物に帯を締め、自分で歩いて参拝を済ませた。三歳の時は草履をゴムで止めても上手に歩けず、ずっと夫が抱いていたのに。

そうした記憶が土蔵の二階にあった鞠《まり》や絵本の記憶と混じり合い、花嫁人形の衝撃とも相まって、幻を見せたのかもしれない。

「でも……桃香の晴れ着は桃色だもの。あんなどぎつい黒じゃなく」

口の中だけでモゴモゴ言った。納得がいかなかったので、走ってその場所を見に行ったけれども、土に足跡らしきものはなかった。カラスは餌をもらうのを諦《あきら》めたらしく、もう空を舞ってもいないし、鳴いてもいない。

「やっぱり気のせいでした」

清花は土井に言って門を出た。黒門の潜り戸を閉めると、土井が駐在所に電話をかけて、作業が終わったことを木村に伝えた。スピーカーホンに設定している。

「先生お疲れ様でした。あどはこちらで確認しておぎますんで」

すぐ確認には来ないらしい。

「んで、どうでしたか、人形は」

「いや、驚きました」

と、土井が答える。

「あれほど精巧な品は見たことがありません。当主の鼎さんという方は、人形師かなにかだったんですか？」

「なんも、世なげ人みたいに暮らしてましたが、人形作ってらったなんて話ぁ聞いたごどねえです」

「では神月家の誰かがコレクションしていたものでしょうか」

「それもなぁ……鼎さんに訊かねばわがねえので。家守の三浦さん夫婦は余所《よそ》から来た人だぢで、屋敷の事情ぁ死んだ鼎さんしかわがらねえもの」

誰も人形のことは知らないのだと木村は言った。尤《もっと》も、だから自分たちが呼ばれたわけだ。清花が顔色を窺《うかが》っていると、土井はこちらに目を向けながら、

「その三浦さんという人に、お話を伺うことはできますか？――」

と、訊《たず》ねた。

「――人形はともかく鼎さんのことはご存じだと思うので」

「そりゃいいけども、鼎さんのごどなら、わぁの親父もわかってますが」

「お父さんからもぜひお話を聞きたいですね」

土井が言うと木村は照れたように笑ってから、

「んば、親父に話して連絡しあんす」

と、答えてくれた。

「三浦さんのこともよろしくお願いします」

「はいはい」

と木村が電話を切ったあと、土井は野辺地署にも電話をかけて、本日の調査を終えたこと、場合によっては再び土蔵に入りたいというような報告をした。

「木村さんに来ていただいて大変助かりました。署長にもよろしくお伝えください。はい、はい、それはもう……では、失礼いたします」

深く頭を下げて電話を切ると、「さて」と、土井は清花を見た。

「腹が減っては戦ができぬと言うからさ、何か食べようか」

すでに昼を過ぎていたのだが、清花は浮かない顔をした。

「その前に手を洗いたいです……井戸でも沢でもない、きちんとした水道水で」

「同感だ」

と土井も言う。再び運搬ボックスを抱えて坂道を下り、未舗装の道路まで戻ったとき、念のために遠景から現場の様子を写真に撮った。

日差しは早くも陰り始めて、周囲の山ではハラハラと、舞い散る落ち葉の音がしていた。

第四章　神月家の話

食事ができる場所を探して野辺地まで戻り、港近くにある小さな市場の食堂へ入った。火災臭と人形のインパクトが強すぎて食欲は全くなかったが、市場に並ぶ新鮮な魚介類や土地の食材は、見ているだけで楽しい気分にさせてくれる。地元のお母さんが作った惣菜《そうざい》などは食べ方もわからなければ商品名すら聞いたことがない。物珍しげに売り場を眺めていると、

「あんだたぢ、どごがら来だの？」

お店の人が気安く声をかけてきた。

「東京からです」

清花はニッコリ笑って答えた。

「遠ぐがらよぐ来てけだねし」

食堂のおばちゃんたちがカウンターから身を乗り出して、食べ方も名前も知らない名産品の数々を嫁に教えるように説明してくれる。

陸奥湾は良質な養殖ホタテの産地だと言い、春と冬に二度旬があって、冬の旬には少し早いが、ホタテ自体は年中通して食べられるので、

「うんめすけ、たくさん食べてって」

と、口々に勧めた。清花と土井はホタテ多めの海鮮丼を注文した。

市場の前は公園と海で、美しく復元された北前船がモニュメントよろしく飾られていた。それが見える場所に席を取るとき、神月家が北前船で稼いだという話を考えた。これほどの船で商売をしていたならば、財力も群を抜いていたはずだ。焼け落ちた屋敷も贅《ぜい》を尽くしていたのだろうか。当主はそこに独りで暮らした。まさか十四体の人形を妻代わりにしていたなんてことが……下衆《げす》の勘ぐりをしそうになって、清花はお茶を取りに行く。

セルフサービスのお茶は、ポットの脇に『名産：カワラケツメイ茶』と書いたカードがあった。母の郷里の長野では、そば茶がよく出されているなと思う。

二杯分のお茶を汲《く》んでテーブルへ運び、

「カワラケツメイ茶ですって。先生はご存じですか？」

と、土井に教えた。土井は一口飲んでから、

「うん。美味《おい》しい」

と、にっこり笑った。

「こっちはケツメイ茶なんだよねえ。上方から北前船で運ばれたお茶で、豪商はこれで朝がゆを炊いたんだってさ。商談で酒を飲む機会が多いから、肝臓に効くケツメイ茶は重宝されたって話を聞くよ」

清花は眉《まゆ》をひそめて訊《き》いた。

「カワラケツメイってなんですか？」

ケツメイシという漢方薬は聞いたことがある。それともあれは音楽グループの名前だっけ。お茶自体は香ばしく、しみじみと体に染みわたっていく味だ。

「河原にわりと生えてるけどなあ。ネムノキみたいな葉っぱで、黄色い花で、カラスノエンドウみたいな豆ができるんだ。見ればわかるよ」

まったく知らない植物だったので、話題を変えた。

「なんでもお茶にしちゃうんですねえ」

ドングリだってタンポポだってコーヒーになるというものね。考えながらお茶を飲み、ドングリ虫を思い出す。ああヤバい……音楽会は今週末よ、どうするの。

「食事が済んだら郵便局へ寄って、万羽さんにサンプルを送ろう」

土井の言葉で意識が戻る。

サンプルはDNA鑑定のために送るのだ。私たちは、大事件を引き当てた。

「わかりました」

と答えたとき、料理ができたとカウンターから声が掛かった。

食堂のおばちゃんが作ってくれた海鮮丼には、煮物にするくらい大きく切られた大根入りのアラ汁と、何種類もの漬物がついてきた。富士山《ふじさん》をひっくり返したような丼に盛られたエンガワやエビやホタテは、新鮮でつやつやと光っている。イクラの醬油《しょうゆ》漬けは自家製だそうで、薄く切った卵焼きまで添えられていた。

「いただきます」

と言ったあと、二人は無言で食事をした。

心づくしの料理を頂きながらも心は土蔵に引き戻される。体の内部がささくれ立って、ヒリヒリとして、すぐにでも立ち上がって走り出したい衝動に駆られる。いま走り出しても救える命はないというのに、焦燥感は止まらない。

だから清花は食べながら、桃香のことを考える。すると、

――見に行くよ。チビッコあお虫の鍵盤《けんばん》ハーモニカ、頑張っているもんね――

自分の言葉と娘の笑顔が頭に浮かんで、ギュッと奥歯を嚙《か》みしめた。

郵便局から万羽福子にサンプルを送り終えた午後四時過ぎ。土井は昼食を取った市場に近い海岸端の公園に車を止めた。ここが今夜の宿泊地である。

徒歩圏内に銭湯があるというので、清花は先に風呂《ふろ》へ行かせて欲しいと頼んだ。現場の臭いやカラスの声や、何より不気味な雰囲気が、髪や体に染みついている気がしていたからだ。刑事だったころは、ひどい現場に臨場しても庁舎でシャワーが使えたが、この班はキャンピングカーが捜査本部で、車に装備されているシャワーも他人の土井がいては使えない。風呂道具を準備して外に出ると、強く木枯らしが吹き付けてきた。公園は湾に突き出た埋め立て地で、三方を水に囲まれている。海上をゆく雲は流れが早く、夕暮れが迫って、空は血のような赤に暮れていた。

銭湯では昔懐かしいケロリン桶《おけ》が使われていた。浴室の空気は湿ってぬるく、蒸気でこもった桶の音などが耳に心地よく響いてくる。

見知らぬ土地で見知らぬ人と湯につかり、地元の人の会話を聞いた。土地の言葉は早口で、陽気なリズムと抑揚があって、外国語を聞くようだ。パッと笑いが巻き起こってても、清花はツボがわからない。それでも言葉は温かく、殺伐とした心に染み入ってくる。市場のおばちゃんが作ってくれたアラ汁のようだ。

身も心もさっぱりとして駐車場へ戻るとき、通りがかりのコンビニでイギリストーストをまた買った。車に戻ると、土井はコーヒーを飲みながらパソコンを操作していた。

「銭湯は夜九時までやってるそうです。あと、コンビニでパンを買ってきました」

「ありがとう」

と、言ってから、土井は眼鏡をずらして清花を見た。

「返町にはまだ報告してないんだけどさ」

そしてパソコンの画面を清花に向けた。

「何か調べていたんですか？」

訊きながらモニターに目をやると、清花は一瞬動きを止めてから、ベンチシートに座って土井のパソコンを引き寄せた。検索していたのは剝製《はくせい》の作り方だ。

木毛《もくもう》、ミョウバン、粘土に針金、桶と水、皮から脂肪や肉を削《そ》ぐ道具など、隠し部屋で見た光景すべてに説明がつく情報がそろっていた。

「どう思う？」

と、土井が訊く。清花は無言で彼を見た。

どうもこうもない。ネット上では狸を用いて説明される工程が、清花の頭で人間になる。人が乗れる大きさの台、奇妙なカーブを有した作業台、独自の刃先をもつ匕首《あいくち》、大きな桶に手押しポンプ、カラスが何を期待してあそこにいたのか。

おぞましさよりも怒りが湧いて唇を噛み、無意識にポケットに手をやって、グミのケースがないと気付いた。ケースは上着の中である。

「……うん」

土井は頷《うなず》き、パソコンを自分に引き寄せた。キャンカーの外を吹く風が、時折車体を揺らしている。人間も動物だから、剝製にできないとは言わない。でも、実際にそんな真似ができるのか、清花はそれがわからない。技術的には可能でも、実行する者が存在するとは。十四体、十四体も！

「近隣で行方不明になっている若い女性のリストを取り寄せましょう」

声に怒りがにじみ出る。

「近隣の女性とは限らないよね」

普通の声で土井が言う。

確かにそうだ。それに、失踪《しっそう》者が子供なら親が騒ぐが、妙齢の女性が失踪したとき、必ずしも事件性を疑うとは限らない。誰かとどこかで幸せに暮らしていると思うかも。

「全員日本人だったんでしょうか」

「今はまだわからない」

と、土井は答えた。「むかし……」と言って顔を上げ、

「鳴瀬くんは、プラスティネーションという言葉を聞いたことがある？」

と、訊いた。

「一九九〇年代の終わり頃から、人体の不思議展などと称して世界中で開催された人体標本の展示会があって、本物の人間を標本にしていることでセンセーションを巻き起こしたんだよ。展示されたのは自ら献体になることを望んだとされる人の筋肉や血管、その他組織などだったけど」

「おぼろげながら記憶はあります。当時は小学生でしたけど、ポスターだけで理科室の人体模型を生で見るくらいには衝撃を受けて、怖かったです。まるで肉体から組織だけを抽出したような仕上がりでしたね」

「プラスティネーション自体は、生物組織の水分を合成樹脂などに置き換えて顕微鏡観察のプレパラート用標本を作る技術として開発されたものらしい。その技術を進めることで臓器のサンプルを作ることに成功し、もっと進めて人体標本を作り上げたと

いうような触れ込みだった、最初はね。様々にポーズをつけた血管や筋肉組織、神経組織などの人体標本は凄《すご》い技術だと話題をさらったんだけど、疑問を抱く人々もいた。そもそも献体を望む人間があれほどまでに大勢いて、しかも妊婦と胎児など都合のよいサンプルや、高齢でもなく病歴すらないように見える肉体が手に入るものだろうか……ってね」

土井はわずかに首を傾げた。

「そうした疑問のせいかは定かじゃないけど、今は興行をしていないよね。プラスティネーションボディの加工工場が、少なくとも三つの刑務所や強制収容所に近い場所にあり、家族や本人の同意を得ない遺体を加工していたという元従業員の証言がドイツのニュース週刊誌に載ったのは、二〇〇〇年代に入ってからだと思う」

「その噂は聞いたことがあるし、私的にはむしろ納得できる話でした。人体標本になって永遠に誰かの目にさらされたいと望む人があんなに大勢いるなんて、子供心にも不思議でしたから……」

清花は眉《まゆ》をひそめて訊《き》いた。

「あの人形も、同様のルートで仕入れられ、製作されたと思うんですか?」

土井は首を左右に振って、ノートパソコンをオフにした。

「まだ何もわからない。万羽さんにはサンプルを送ったと伝えたし、写真データも送信したけど、顔写真で照会しようにも失踪者が多すぎるから、サンプルの鑑定結果が出るまでやりようがないって言われちゃったよ。国籍も失踪地もわからないんじゃ、なおさらね」

「年齢も名前も不明では、万羽さんもどこから手をつけていいかわかりませんものね」

清花はそこで言葉を切ると、土井の目を覗《のぞ》き込んで付け足した。

「……あと、死因も」

土井は頷いただけだった。

「返町課長にはどう言うつもりですか？　私たち、とんでもない猟奇事件を引き当てたのかも……班のオンライン窓口にメールが来なかったら、あれはどうなっていたんでしょうか」

「どうかなあ」

と、土井は自分のほっぺたをガリガリ掻《か》いた。

「鼎氏に血縁者がいなければ蔵も土地も行政の持ち物になって、更地にするとき業者が見つけるか……まあ、場所が場所だから更地にしてもな……」

そして、

「あのまま朽ちて終わりだったかも」

と、苦笑した。

「うちが調査に入ったのは正しかったわけですね」

「うち向きのケースなのは間違いないかな。何もわからないうちからセンセーショナルに取り上げられてもマズいだろうし、直近の事案でもなさそうだしなあ」

ほんの数秒思案してから、土井はおもむろに席を立つ。

「とりあえず、ぼくも銭湯へ行ってくる。サーちゃんは休憩だ。晩飯はどうしよう。インスタント麺《めん》ならたくさんあるけど」

即座に清花は返事した。

「私が何か軽いものを作ります」

土井はにっこり微笑むと、塩ビのかごに入浴グッズを入れて出て行った。彼が車を降りるとき、ドアの隙間からすっかり暗くなった公園が見えた。街灯の明かりがさみしく点《とも》り、駐車場には他の車が何台か来ている。市場の人の話では寒い時期にもメバルやソイやイカが釣れるということだから、太公望《たいこうぼう》の車だろう。

行く先々で釣りをして、新鮮な刺身や塩焼きを食べる、そんな妄想を一瞬抱いたが、土井は魚がさばけないし、自分も切り身しか料理できない。そもそも魚を釣って食べるなんて楽しみを知らない世界に生きてきた。虚勢を張ってがむしゃらに突き進んでいた過去の自分は、加害者と被害者しか存在しない世界にいたのだ。

清花は車のキッチンに立ち、次に出動するときはエプロンを持ってこようと考えた。刑事は日常が突然奪われる可能性を知っている。だからこそ大切に日常と向き合う気持ちを持つべきだ。蛇口をひねって手を洗い、乾燥野菜とアルファ米を取り出した。


土井が銭湯から戻ってきたとき、テーブルの真ん中には蓋《ふた》をした鍋《なべ》が載せられていた。カップに取っ手がついたアルミの食器が二つ、それとスプーン、土井がラーメンを作るときに使う折りたたみ式の玉じゃくしがひとつ。限られたスペースと設備で清花が初めて作ったスープ料理だ。

「やあ……なんだろう？　この車でパンとインスタントラーメン以外のものを食べるの、久しぶりだな」

土井はニコニコと喜んで席に着く。

「スープ雑炊です。乾燥野菜を使ってみました」

感心してもらえることを期待しながら蓋を開けると、鍋の中には思いも寄らない『ごった煮』が入っていた。さっきまでスープがたくさんあったのに、米と野菜が水分を吸って、お世辞にも美味《おい》しそうに見えない代物に変身している。

「う、あれ?」

と、清花は悲鳴を上げた。

「へえ……スープ雑炊か……」

どれどれ? と、土井はお玉で中身をすくってカップによそった。サラサラと注げる予定が、モタッ、ベチャッ、と器に落ちた。いや違う。自分が目指した料理はこれじゃない。土井が作るラーメンよりも家庭料理に近いものを目指していたのに、なんなのこれは。土井は料理を口に入れ、

「おー、いー、しー、い」

と、微笑んだ。嘘ばっかり。横目で土井を睨《にら》みつつ、

「慰めはいりません」

と、清花は言った。これじゃない。食べさせたかったのはこれじゃないのよ。

「いや、ほんとうにおいしいよ。市場のおばちゃんのアラ汁にも負けてない。しみじみと体が喜ぶ味だと思う。どうやって作ったの」

「……乾燥野菜とアルファ米を鍋つゆの素で煮ただけです。けど、本当はもっとサラサラと、スープみたいに食べようと……」

「そうなんだ。でも、これはこれで」

いけるいけると言いながら、土井は二杯目をおかわりした。ひとかたまりになってしまった料理は、水加減を間違えた釜飯《かまめし》か、前日の残りのおかゆみたいだ。清花も土井の向かいに座り、渋々中身を器に盛った。スプーンで口に運んで「ん?」と言う。

「予定とは違う見かけだけど、そんなに不味《まず》くないですね」

「だろ?」

「て、ドヤ顔で……作ったの私なんですが」

味がまともでホントによかった。野菜と米と固形スープの素と水。材料がシンプルだからこそ、野菜の甘さやお米のコクや出汁《だし》の旨《うま》みが体に染みて、日本に生まれたことを感謝したくなる味だった。

「車旅をしていて食べたくなるのはこういう味だよ。うん。おいしいなあ」

照れている清花に気がつくと、上目遣いにクールに笑う。さえない中年男の土井は、実は自分の魅力を知り尽くしているのかもしれない。

午後八時近く。明日の予定を打ち合わせていると、リアドアの脇にセットしてある集中スイッチパネルの一部が点滅を始めた。

キャンカーの重要な装備である水やバッテリー残量、汚水タンクの満水度合いなどを一ヵ所で確認できるパネルだが、どの装備とも連携していないランプが無音で点滅している場合は、本部からの通信サインだ。

土井が気付いて立ち上がり、機材のブースへ移動した。

この車は、もとベッドルームだったスペースに最新鋭の機器を積載して、警察庁本部との通信に使っている。先ほど土井が『万羽さんにはサンプルを送ったと伝えた』と言ったのも、この設備を用いてのことだ。ブースは中央に狭い通路があるが、引き出し式の椅子に土井が掛けると通路は塞《ふさ》がる。会話に参加しようと思ったら、土井の脇から体を傾け、斜めになって映り込むしかない。

モニターがアクティブになると、細い目を弓形にして微笑む福子が映し出された。

「お疲れ様でーす」

と、福子が手を振る。

「おつかれ」

土井は相好を崩して笑い、清花も体を斜めにして、

「万羽さん、お疲れ様です」

と、会釈した。

「清花ちゃん、お久しぶりー――」

福子はさらに手を振った。自分より年下の清花を、『ちゃん』付け呼びにすると決めたらしい。呼称がその都度変わることに最初は抵抗があったのだが、この部署では一般人に準ずることが重要なので、今では清花も気にしていない。誰が誰を呼んでいるのか、それさえわかればオッケーなのだ。

「――今回はまた、突然遠くへ行かされたわね」

福子はモニターの正面に向くと福面のようで、機材を操作するために上下左右を向くと切れ長の目が微《かす》かに開いて眼光鋭く、有能さがにじみ出る。

「土井さんが待ち合わせの駅名しか言わなかったので、調べてビックリしましたよ」

清花が暗に文句を言うと、福子はさらに眉尻《まゆじり》を下げ、

「土井さんだもの――」

と、頷《うなず》いた。

「――青森は寒くて大変じゃない？」

「覚悟してきたので大丈夫ですが、風が強くてまたビックリです」

「まだ雪の季節じゃなくてよかったね。あー……でも、雪の季節なら七子八珍いけたのにねえ」

「ナナコハッチンって何ですか？」

「青森のおいしいものよ」

と、福子は笑った。

「それで土井さん。こちらも調べてみたけれど——」

おもむろに土井に視線を移し、福子は真面目な表情になった。

「先《ま》ず剝製《はくせい》のDNA鑑定だけど、抽出して培養してミトコンドリアの塩基配列を調べなきゃならないから、数ヶ月程度はかかるって。ただ、人間の皮膚かどうかは比較的早く判定できるということだから、サンプルを受け取ったら分割して目的別に複数のラボへ手配するわ」

「ヒトの皮膚かどうかの他に、亡くなってどのくらい経っているかも知りたいな」

福子が頷く。

「それだけど、剝製自体は数十年程度で劣化するらしいのね。ただ、博物館のように徹底した湿度と温度管理がされている場合に限り、百年を超えても保存できるんですって。そもそも剝製の皮膚は加工されているので、検査できるかどうかはサンプルを見ないと何とも言えないってことなのよ……でも、ひとつ」

と、福子は人差し指を立てた。

「製作過程で、その動物の骨を土台に使う場合があるみたいなの」

その先は言わずに土井を見る。福子の代わりに土井が答えた。

「人形の内部に骨が残されている可能性があるってことか……」

「そのとおり。加工された皮膚よりも、骨を調べたほうが鑑定は楽だと思う」

「人形の背中を裂いてみますか？」

清花が訊《き》くと、土井は「うーん」と腕組みをした。

「正体がわからないうちは扱いも慎重にならざるをえないからなあ。穴を開けて削ればいいってもんでもないし……そもそも内部に骨があるのかどうか……」

「X線かCTを使ったらどうでしょう？」

清花が訊くと福子はニッコリ笑った。

「と、いうことで、そっちも調べてみたんだけれど。もしも人形を持ち出せるなら、青森市に大学の付属総合研究所があって、文化人類学の佐藤《さとう》先生という人に協力してもらえそうなんだけど」

「大学の設備を使わせてもらえるってことですか？」

「そう。なんといっても研究者だし、人形のことを話せば興味津々になるはずよ」

「そんなコネをどうやって見つけたの？」

土井が訊《たず》ねると、福子は上下の歯をむき出して笑った。

「土井さんが送ってくれた画像、十四体すべてが花嫁衣装を着ていたでしょう？　だから花嫁もしくは花嫁人形、人形婚とか冥婚《めいこん》とか、そういうのを専門に研究している学者を探したの。協力を仰ぐなら私が連絡しておくわ。等身大の花嫁人形が発見された件で専門家の意見を聞かせてほしいと」

「……さすが」

と、土井が苦笑する。福子は指を立てながら、

「あと、人形が作られた年代については、衣装から追えるかもしれない」

横を向いて手元の資料をガサガサ言わせた。

「調べたら、花嫁衣装にも流行があるみたいなの。白無垢《しろむく》、色打掛、引き振り袖《そで》。もちろんドレスやベール、生地にも流行があって、衣装の柄や刺繍《ししゅう》や文様、角隠しに綿帽子、髷《まげ》に挿してある簪《かんざし》とかね、細かく見ていけば衣装が作られた年代や職人さんがわかるかもしれない。軽くサーチしたところでは、東京家政大学の博物館に資料がありそうだから、明日にでも行って話を聞いてくる」

「ありがとう」

土井が言うと、福子は幾分か眉をひそめて、

「ところで、返町課長はどうする？　人形が怪しかったと伝えておく？」

と、訊いた。

「いや。もう少しじらしておこう。なんとなーく、癪《しゃく》だしさ、何の情報も与えずに見てこいだなんて……現場の薄気味悪さを体験したら、ちょっと意地悪な気持ちになっているんだよ」

「メチャクチャ薄気味悪いんですよ――」

と、清花も言った。

「――殺人現場よりゾッとするんです」

万羽福子は目をしばたたき、

「送ってもらった写真も怖かったもの。実際に見たら余計でしょうね」

「返町を現場に連れていきたいくらいだ」

土井の言葉には苦笑した。とぼけていたけど、怖かったのか。

「オッケー……じゃ、この件はしばらく黙っておくわ。それじゃ」

言うなりポンとキーを打ち、彼女はモニターから消え去った。

大仰な仕草も反応も特になく、仕事は迅速的確で、いつもニコニコしているくせに、あっさり会話を打ち切って消える。

「私、万羽さんが好きになってきました」

清花が言うと、土井も通信機をオフにして、

「マンバさんのときはね、ホントに優秀なんだけどさ」

可動式の椅子を片付けた。


鼻先に天井がある狭いベッドスペースに横たわり、清花は元夫の勉に電話を掛けた。午後九時少し前、桃香が眠る時間だからだ。

「清花です」

わかっているはずだが一応名乗った。夫婦関係を解消してしばらくは互いに会話もぎこちなかったが、今夜の勉はこう訊いた。

「そっちは寒いか」

「神奈川より五度くらいは低いかしら。寒いというより風が強いわ」

「そうか」

と、ひとこと言ってから、勉は桃香と替わってくれた。電話の向こうで「ママだよ」と、優しく伝える声がした。

「マーマー？　お元気ですか？　桃香です」

こっそり大人の会話を聞いているのか、桃香はいつもこんな調子で電話に出る。娘

の声には活力があり、聞くたびに胸が熱くなる。

「元気ですよ。桃香はどうですか？」

「うーんとねー、元気ーっ！」

と、娘は言った。たぶん今、飛び跳ねたのだ。

「ドングリ虫は元気ですか？」

訊くと興奮した声で、

「あのね、あのね、学校から帰ってきたらね、ドングリ虫が一匹出てた！」

「え、ほんと？　どんな虫？」

父親と話す声がして、

「茶色でね、頭が丸い、蛾のヨウチュウだって！」

と、娘は答えた。心で（うへえ）と思ったけれど、グッとこらえて清花は言った。

「そうなの。すごい、よかったね」

「うん、よかったーっ！」

と、桃香は言って、

「パパがね、白くて丸いのも出てくるよって。でも、まだ出てこない……寝てるのかなあ」

もうじき出るよと、背後で勉が言っている。通話を聞いて身震いしている義母《はは》の姿が目に浮かぶ。

おやすみなさいを言って電話を切ったとき、音楽会に行けるだろうかと清花は思った。申し出れば土井は休みをくれる。飛行機を使えばとんぼ返りも可能かもしれない。現地から空港までタクシーを飛ばして、またタクシーで車に戻れば、往復で六時間……いや八時間……もう少し掛かるのか……そんなこんなを考えながらも、清花は音楽会のことを言い出せずにいる。休みは労働者の当然の権利だ。わかっているのにタイミングを計るのは、自分がいないと回らない仕事だと感じるからだ。待ち受け画面にしている桃香の顔を指先で撫《な》で、清花はスマホの電源を切った。

翌朝、車の中で二度目のイギリストーストを食べているとき、土井が木村の駐在所へ行くと言い出した。

「土地のことを知らないと理解できないこともあるからさ、駐在さんのお父さんに会って話を聞こうよ」

その通りなので、なるべくラフな服を着て駐在所へ出かけてみることにした。

公園の駐車場を出る直前、土井のスマホに万羽福子が電話をくれた。助手席で二人の会話に耳を傾け、通話が終わるのを待ってから、

「なんですか？」

と、訊ねると、

「万羽さんは衣装を調べに博物館へ行くから、サンプルの受け取りと手配を勇くんに頼んだそうだ」

と、土井は答えた。

丸山勇は生活安全局の新米刑事で、地域潜入班の連絡係だ。警察庁刑事局刑事企画課課長の返町と、後方支援の万羽福子、現場潜入組の土井と清花の橋渡しをする。と、言えば聞こえはいいが、要は若さ体力瞬発力を買われ、パシリとして活躍しているというわけだ。

「結果はいつごろ出るんでしょうか」

「人の皮膚かどうかはすぐにわかると思うけど。あとは骨だね」

土井は眼鏡を持ち上げてバックミラーの位置を調整した。

「昨日触った感じでは、骨の有無までわかりませんでしたが」

「いや……たぶん骨は使っているはずだ」

二重瞼《ふたえまぶた》の大きな目で、土井は清花の顔を見る。

「ですよね。やっぱり」

と、清花も言った。

「動かしたときに、ちょっとそんな感じがしたのと……あれがあの場所で作られたなら、骨は処分に困りますものね。材料として使ったはずだと思います」

昨日からずっと想像することを避けてきたビジョンが、清花の脳裏を一気に巡る。彼女たちは誰で、なぜ非道な目に遭わされなければならなかったのか。清花はポケットからグミを出し、二粒ずつ計四粒を口に入れてガシガシ嚙《か》んだ。

「感情のコントロールに使っているの？　状況でチョイスが違うのかな」

と、土井が訊《き》く。八つ当たりのように土井を睨《にら》むと、清花はグミのケースを開けて、ボスの眼前に差し出した。

「そうです。ものすごく腹が立っている今は、梅とレモンのペアを推奨します」

土井は勧められた二粒を取り、口に入れると、

「すっぱしょっぱ！」

と首をすくめた。

「こんちくしょーという気持ちになります。やってやろうじゃないかと」

「鳴瀬くんの思考回路は独特だね」

ははは……と虚《むな》しく笑ってから、土井は車を発進させた。よほど刺激的な味だったらしく、梅干しを食べたように口をすぼめている。

十一月の空は青く澄み、その下で海がキラキラと光っていた。

駐在所へ向かう途中で菓子店を見つけると、土井は路肩に車を止めて焼き菓子を二十個も買ってきた。見た目が茶色で、丸いカステラのような菓子だった。

「これをどうするんですか？」

紙袋一杯の菓子を抱かされたので清花が訊くと、

「地元の人の好物だって」

土井は答えも言わずにエンジンをかけ、

「生地にカワラケツメイ茶を使っているらしいよ」

と言った。素朴でよい香りがした。

「ぼくらは刑事じゃないから聞き込みはしない。するとお茶菓子が必要だろ？」

「誰とお茶を飲むんです？」

「みんなとだよ」

土井は車を走らせる。野辺地から現場までは車で約四十分。横濱西駐在所をカーナビにセットすると、木村の駐在所は現場よりもかなり手前の海際にあるということがわかった。だから調査が終わったと電話したとき、すぐには見に来なかったのだ。神奈川県警は交番がたくさんあったから、これほど所管区が広いとは思わなかった。逆に言うなら、とても平穏な街だということだ。

車は陸奥湾をなぞるようにして進んでいるが、海側には防雪林があって海は望めず、内陸側は家と畑だ。高い建物がないため空が広くて、大型トラックとばかりすれ違う。

やがて車は住宅地に入り、駐在所の看板が見えてきた。

横濱西駐在所も広い駐車場を持っていた。土井のバスコンは大きいので、止めやすい駐車場はとても助かる。エンジンの止まる音を聞きつけて、こぢんまりとした駐在所から木村がひょっこり顔を出す。清花はルームミラーに自分を映して、刑事の表情を消し去った。

「あやぁ……先生、こったどごで何してました？」

「どうも。昨日はありがとうございました」

運転席を降りて土井が言う。菓子の袋を座席に残して清花も助手席を降りていく。

木村は清花にも会釈して、土井の顔色を窺《うかが》った。

「神月家の様子、まだ見に行ってませんが、なんがありましたが？」

「いえいえ、そうじゃないんです」

土井は恐縮して首の後ろをポリポリ掻《か》いた。

「土蔵の人形を拝見したら」

「気味悪がったべ」

「ええ、まあ……で、是非とも詳しく調べさせて欲しいと思いました」

「そりゃま、珍しいど言《へ》れば珍しいべな」

土井は得意の情けなさそうな表情を作ると、眉尻《まゆじり》を下げてヘラリと笑った。

「それで昨日も少し話しましたが、あの人形がどういう素性のものなのか、家守の三浦さんや鼎さんをご存じの方からお話を聞けないだろうかと」

「そのごどだども、三浦の夫婦は郷里《くに》へ帰ることにしたすけ、今日と明日は向こうで不動産屋巡りぃしとらってことでしたがな」

「郷里というのはどちらですか？」

「訊いても教えてくれねのであす」

「では、もうこちらへ戻って来られないのでしょうか」

「や。家財があるがら戻るごどは戻るんだども、落ち着き先決まれば引っ越すそうで、家焼けで雇い主が死んでまったら、山の中にいでも仕方ねえべし……先生が会いたがってるごどは伝えてあるすけ、明日、まだ電話入れてみますが」

「お手数をおかけします」

土井はペコリと頭を下げた。

「んだば、先に親父の話、聞きに行ぎあんすか？」

「そうしていただけるとありがたいですね」

土井はニッコリして言った。


木村の父親は八十七になるという。駐在所の近くに高齢者施設があって、現在はそこで暮らしているらしい。入居者はほとんど地元の人なので神月家の話が聞けるだろうと、駐在所から施設に電話してくれた。

「年寄りは暇もで余してるがら、どうぞ来でけせって喋ってます」

そう言うと、木村も施設に同行してくれた。歩いてすぐだというので車を置いて移動する。土井は清花に『土産』を持参するよう告げた。

「人形の研究ぁ、面白いですか」

歩きながら木村は訊《たず》ね、

「ええ、まあ」

と、土井が答えた。

「人形というか、民俗学といいますか。背景にある人の暮らしや宗教観、自然文化を知ることは面白いですねえ。たとえばサンスケ（人形）などを調べることで、山に暮らす人々の考え方や風習などがわかります」

返町の資料から借りた知識を、土井は大真面目に披露する。

木村はうんうん頷《うなず》いた。

「あったものが学問になるんですなあ。わぁの婆様は津軽の出だがら、田舎さ行げばサンスケ人形さ挨拶《あいさつ》ささったもんですわ」

付け焼き刃の知識によれば、サンスケは木や藁《わら》で作った小さな人形で、マタギや木こりが集団で山に入るとき総勢が十二人になることを嫌い、十三人目として携帯した。山仕事のあいだは小屋の柱にかけておき、山を下りるときには置いてくる。山の神は子を十二人産んだり十二日に祭礼を行ったりするので『十二』は山の神の数字であり、それを冒すことを恐れたためという。十二人で山に入れば死人やけが人が出たり、事故が起きたりするとされていた。出産や死亡で家族が十二人になる場合にも、家にサンスケ人形を置いて家族同様に接したという。

「ああ、ここです」

と、木村が言うのは白い平屋の建物で、広々とした畑の中に建っていた。

警察官の制服を着ていながらも、顔なじみの気安さで木村は施設に入っていく。刑事としてハードな仕事をこなしていたとき、清花は同じマンションのママたちの顔すら覚えなかった。不用意に親しくなった相手の家庭事情を知るような事態が起きることを恐れたし、刑事という色眼鏡で見られることもイヤだった。駐在所勤務についても、捜査一課と比べて楽な仕事じゃないかと思った。けれど木村を見るにつけ、そうした邪念はどこかへ消えた。地域に入り込まずして地域課の仕事が務まるだろうか。

清花はポケットをまさぐった。グミのケースを握りしめ、唇の内側をそっと嚙《か》む。刑事もおまわりさんも警察官で、そこに上下関係はない。自分は本当に警察官か。刑事だったとき、私は刑事をなんだと思っていたのだろう。

「それだば先生。うちの親父、紹介しあんすで」

施設のロビーでスリッパを出してくれながら木村が手招きする。中年の女性スタッフと若い男性スタッフが玄関まで迎えに来てくれた。

「年寄りは訛《なま》りが強いがら、何喋ってるがわがんねど思いあんす。こっちゃ、こ」

と、木村は若いスタッフに手を伸ばし、

「わぁが倅《せがれ》だすけ、これから話聞いてけせ」

「木村誠司《せいじ》です」

と頭を下げた息子は三十代前半、小柄だがガッチリとした体格の持ち主で、四角い顔にゲジゲジ眉毛、微笑む顔がチャーミングだった。

「んだば、わだしぁ駐在所さ戻りあんすけ」

「どうもありがとうございました」

清花と土井が頭を下げると、駐在所の木村は耳のあたりで手を振りながら帰って行った。女性スタッフは会釈して去り、清花は彼の息子に向き合った。

「よろしければこれ。野辺地で買ってきたんですけど、お茶菓子にと思って」

持参した菓子を息子の木村誠司に渡すと、すかさず土井が補足した。

「甘いものがダメな方とかおられるかもしれませんので、スタッフさんに」

誠司は中身を確認して、

「ジャステラですね。こんなにたくさん……みなさん大好物だと思います」

と、言って笑った。

茶色くて丸い焼き菓子は『ジャステラ』と呼ばれるものらしい。誠司は先ほどの女性スタッフに包みを預け、彼女はそれをバックヤードへ運んで行った。

ではこちらへどうぞ、と言われて廊下を進み、ラウンジに通された。

細長くて大きな部屋に六人掛けテーブルがいくつも並び、お年寄りたちが思い思いに時間を過ごしている。ほとんどが車椅子を使用しており、体調も様々なようだった。早計な真似をして、土産を入居者に直接渡さなくてよかった。土井が目配せしたからスタッフに渡すことができたが、相手の状況を想像して慮《おもんぱか》る心配りが自分には欠けているなと思う。母親としてそれを桃香に教えてきたかと考えて、チクリと胸の痛みを感じた。それをしてくれているのが勉や義母《はは》だったのだ。

窓辺で一人の老人が、通りの向かいに広がる畑を見ていた。灰色のシャツに灰色のズボン、チェックの上着を身につけて、鼻に呼吸器の管を入れ、車椅子に座っている。背筋がシャンと伸びていて、痩《や》せてはいるが骨格のガッチリとした人だった。

「あれが祖父の啓造《けいぞう》です」

土井と清花に告げてから、誠司は老人の許《もと》へ行き、

「じっちゃ、学者の先生来たよ」

と、耳元で囁《ささや》いた。老人は振り向くと、土井と清花に会釈した。

「神月家の鼎さんのお話でしたよね？」

「そうです」

土井が答えると、誠司は祖父の車椅子を六人掛けテーブルまで押してきた。

「すみませんが、そちらの椅子を使ってください」

と、壁際に並んだ椅子を指す。車椅子の人がテーブルに着きやすくするため、椅子は置かれていないのだ。清花らは自分の椅子を持ってきて、老人と木村の向かいに置いた。立ったまま、改めて挨拶と自己紹介をする。

「一般社団法人・人形玩具研究所の土井です」

「鳴瀬です」

順番に告げて、土井が名刺を手渡した。椅子に掛けると誠司は名刺を祖父に握らせてから、無くさないよう自分のユニフォームのポケットにしまった。老人のほうへ腰をかがめて、また耳元で囁いている。

「神月の鼎さんの話聞きてんだって。じっちゃと鼎さんは友だちだったべ?」

「おうおう」

と、老人は頷いた。そして早口で喋《しゃべ》り始めたが、何を言っているのか清花は聞き取ることができなかった。所々で『柴田《しばた》』という名字が聞こえた。

「鼎さんはひとつ年上で、近所だったので昔は仲がよかったと」

「柴田はぁ、あずましい男でな、なーんったってけっぱり屋だったすけ……」

老人は前のめりになって話してくれる。それを誠司が通訳する。

「柴田さんは気持ちのいい人で頑張り屋だったので、自分と違っていい大学へ進んだのですが、それも神月家の援助があったからだそうです」

「柴田さんとは誰ですか？」

土井が訊《たず》ねると、老人は車椅子の肘《ひじ》掛《か》けから手を離し、身振り手振りを交えて答えた。それを清花らは誠司の言葉で理解する。

「鼎さんは神月家の婿養子なんですよ。子供の頃から利発で性格もよかったので、神月家が援助して医学部へ進学したそうです。娘さんと結婚させるつもりだったので」

「神月家ぁ入り婿の家《え》だがら、男生まれでもみんな死んでまるんだ。長男も次男も三男も死んでまって、柴田ば婿に迎えで、めごこの面倒見させでらったのよ……」

言葉は不思議だ。最初はずいぶん戸惑ったけれど、独特なリズムとイントネーションが耳にも心にも心地よい。どこへ行っても方言に出会うけど、老人のそれは強風の地に根を踏ん張った木々が水を吸い上げる音さながらに、強く、温かく、陽気で深い。歳を重ねて皺《しわ》だらけになった顔と、嗄《しわが》れた声に清花は耳を傾ける。青森の人たちはきっと、なまなかなことでは弱音を吐いたりしないのだ。土地と向き合い、自然と向き合い、生き様と向き合う強さを感じる。

「鼎さんは、生前はお医者さんをされていたんですか？」

　土井が老人に訊ねている。

「医者の免許は持っていたけど、ずっとお医者さんをしていたわけではないそうです」

と、誠司が言った。

「神月家の病院で働いていたころには診てもらったけど、婿に入ってからは疎遠になって、たまに姿を見かける程度だったそうです」

「どうやって生計を立てていたんでしょうか」

　それは……と、誠司は微《かす》かに笑った。

「このあたりは原発で地代家賃が入ってきます。神月家は土地持ちだったので、凋落《ちょうらく》しても収入はあったんですよ」

　なるほど、と、清花は思った。立派な公共施設はそのせいか。

「少なくともぼくが知る限りでは、山の屋敷で隠遁《いんとん》生活を送っていました」

「末期ガンを患っておられたそうですが」

「そうみたいですが、三浦さんたちが一緒だったので本人も安心していたんじゃないですかね。まさかあんなことになるとは」

「三浦さんご夫婦と鼎さんとはどんなご関係だったんですか？」

「どんな関係とは？」

誠司は無邪気に首を傾げた。土井が答えるより早く、背後で別の声がした。

「あぁれぇ、あの人だぢと暮らし始めでがら、まんだ五年ぐらいでねすか」

恰幅《かっぷく》のいいお婆さんが、離れた場所に座っていたのだ。

「あ、戸来《へらい》さん。戸来さんも神月家のことは知っていたよね」

「おめも一緒に話しっこねか？」

老人が手招きすると、戸来さんはガタガタと椅子を揺らしてテーブルに近づいた。

誠司が訊ねる。

「三浦さんって、神月家の遠い親戚《しんせき》かなんかかな？」

「ちがう。鼎さんに借金あって、青森さ来たんだど」

「借金、なして？　なんの借金？」

「知らねじゃ。あの人だぢも五十か六十か、若くもねえから大変だべや」

「家守として働くことで、借金を返していたって事でしょうかね？」

と、土井も訊ねた。木村巡査の話によれば、その夫婦は地元に帰る準備をしている
ということだ。年配である上に住み込み先も失って、引っ越し費用はどうするのだろ

う。もしかして神月鼎が遺産相続人に家守夫婦を指名していたりしないのだろうかと清花は考え、こう訊《き》いた。

「神月鼎さんにお子さんはおられなかったんでしょうか」

「そうみたいです」

と、誠司が答えた。

「では奥様は？　すでにお亡くなりに？」

老人は戸来さんと顔を見合わせ、互いの表情を探りあった。

知っているか？　と訊ね合うような顔だった。

「奥様のほうが神月家の娘さんですよね？」

横から土井もそう訊いた。

「あの家で一緒にお住まいだったのでは？」

重ねて訊くと戸来さんが、

「清見《きよみ》さんだべ？　たいしためんこい人だったげど……なあ？」

と、老人に同意を求める。老人から話を聞いて誠司が語った。

「奥さんは病弱で、あまり社交的ではなかったそうです。亡くなったかどうかは、付き合いがないのでわからないと」

「でも、お葬式があったらわかりますよね？」

清花が訊くと老人たちは頷《うなず》いたり、首を振ったりした。

「亡くなったという話は聞いてないみたいです。鼎さんとの結婚式も、今のように会場を借りてやるのではなく、屋敷内で済ませるのが普通だったので、祖父は出席していないんです。その後も噂を聞いてないので、もしかすると長く闘病しておられるのかもしれません。ここではなくて、もっと都会の病院で」

今度は清花と土井が顔を見合わせる番だった。そうなら彼女が相続人だ。しかし妻は屋敷におらず……では、どこにいるのだろう。

「ところで、ぼくらは人形の調査に来ているんですが……」

土井がそう切り出したとき、先ほど出迎えてくれた中年の女性スタッフがお茶を運んできてくれた。土産に渡したジャステラは、パッケージから出してそれぞれの大きさに切り分けてある。半割にしたものを老人たちの前に置き、

「木村さん。これな、先生にもらったお土産。うめぇすけ食って。戸来さんも」

と、こちらを向いた。

「先生たちも召し上がってみてください。素朴な味ですが、おいしいですよ」

土井と清花の分だけはパッケージのままテーブルに置く。

「いや、これは……申し訳ない」

お茶の入れ物は割れない仕様でカラフルだけど、病院のカップのようで味気ない。スタッフは他の入居者にもお茶を出し、みんな近くのテーブルに来て勝手に座った。誰から情報を拾えるかわからないので、土井は立ち上がって、大きな声で、

「お邪魔しています。ぼくたちは郷土玩具《がんぐ》や人形を研究している者です」

挨拶《あいさつ》してから着席した。清花も立って会釈したが、老人たちの反応は薄かった。仕切り直して土井は問う。

「実は神月家の土蔵で大きな花嫁人形が何体も見つかっているんですが、鼎さんが人形を作っていたというような話は聞いていませんか？」

全くというほど反応がないので、誠司が眉《まゆ》をひそめて頭《かぶり》を振った。

「人形のことはぼくも父から聞きました。父も調べて回ったようですが、詳しいことは何ひとつわからなかったみたいです。うちのじっちゃもわからないって。神月家にはみなさん世話になっているので、年寄りは特に話したがらないかもしれません」

チラリと老人たちを見る。菓子に夢中のようなので、土井に向かって声を潜めた。

「……山にある屋敷のことは詮索《せんさく》してこなかった感じです」

「そうなんですか？」

と、土井も訊く。

「あの家は、門が閉まっているときは他人に入ってきて欲しくないときです。真っ黒な門がありましたよね？」

「鼎さんって人は神経質な人で、そったご好きでながったんだ」

老人が頷いた。

「神経質な人だったのは本当です。特にあちらへ住まわれてからは」

「その方が住む以前はどうですか？　人形作家が住んでいたとか」

「さあ……でもそれって鼎さんじゃなく、もともと誰かが収集して、置いておいたものじゃないんですか？」

と、誠司が訊いた。土蔵に作業場があることを知らないのだから当然だ。

「では、建物についてはどうでしょう？　お抱えの大工さんとかはいましたか？　お屋敷はわかりませんが、土蔵と離れは比較的新しいようでしたが」

誠司が老人の顔を見る。老人は首を左右に振った。

「最後にひとつだけ。鼎さんが進んだ大学をご存じですか？」

「東大だ」

と、老人は言った。

「まったぐ。住むどごろがら何がら、神月さんとごで用意してけだんだよ」

老人たちは話し始めたが、その会話のほとんどを、清花は聞き取ることができなかった。礼を言って席を立ち、ラウンジを出ると、誠司が見送りに出てきてくれた。

「あまりお役に立てなくて」

恐縮して言うので、清花と土井は微笑んだ。

「そんなことはありません。とても参考になりました」

「あの……」

と、誠司はそばに来て、

「黒門のお屋敷ですが、神月家以外の人が住んだことはないはずです。そういう家ではないですし……あと、鼎さんについても、あまり話は聞けないと思います」

「どうしてですか？」

清花が訊くと、青年は首をひねって、

「どうしてなんですかね」

と、苦笑する。

「焼身自殺や人形のことは父から聞いて、じっちゃにも話をしたんですけど……」

ラウンジのほうを気にしつつ、

「あまり驚かなかったというか、『しがだねじゃ』と一言だけ……『仕方がないよ』という意味です」

「しがだねじゃ……」

と、土井は復唱した。

「子供のころ仲がよかったと言っても、向こうは東京の大学を出て養子に入った人ですし、祖父は地元の漁師ですから……だけど、もしも神月家について知りたかったら、すぐ隣にある六ヶ山村の郷土資料館へ行ってみるといいかもしれません。旧家が解体されると、道具や文書などが寄贈されることがあるので」

「ありがとうございます。行ってみます」

二人は青年に礼を言い、施設を出て、車を止めてある駐在所へ戻った。

屋敷の様子を見にいったのか木村巡査はおらず、パトカーもなくなっていた。無人になった駐在所はカウンターに連絡用の白板が置かれて、警察官の駐在予定時間が書き込まれている。なんて長閑《のどか》な光景だろう。清花は木村巡査への礼をメモに書き、彼のデスクに載せておくことにした。

「さて。では、これからどうします？」

訊《たず》ねると、

「資料館へ行ってみよう」

と、土井は答えた。


出発準備をしていると、土井のスマホが鳴り出した。

彼が電話に出ている間に、清花は資料館の場所を調べてカーナビにセットする。縄《じょう》文《もん》時代の発掘品などをメインに展示しているらしき郷土資料館は、駐在所からそう遠くない場所にあるようだった。

「え？　そうなの？　ふーん」

土井はラフな感じで話している。

「いいけど、もしも来るならソロテント持ってきて。念のためだよ……うん、まだそんなに寒くない。凍えたりしないって。せいぜい風で飛ばされるくらいだよ」

うへへ、と土井は笑って電話を切った。

「誰かこっちへ来るんですか？」

清花が訊《き》くと、シートベルトを締めながら、

「勇くんだよ」

「丸山くんまで来るんですか？」

さては返町課長は、最初から猟奇事件に目星をつけていたのだなと思う。

「別件でね」

土井はエンジンを掛けている。

「別件？　ホントに別件なんですか」

車をバックさせて切り返し、

「今のところはね。万羽さんから勇くんに連絡がいって、周辺で行方不明になっている若い女性がいないかを、彼が調べてくれたらしいよ」

サンプルを鑑定してからでないと照会は難しいと言いながら、福子は勇に応援を頼んでくれたのだ。

「え。それで？」

土井はチラリと清花を見た。

「都内とは状況が違って、青森県の行方不明者総数は年間五百人から六百人程度だそうだ。そのうち女性は二百人程度。若い女性は数十人」

「容易に確認できる数字じゃないですか」

「ぼくもそう思う」

「丸山くんがやってくれたんですね。で？　結果は？」

「人形と行方不明者の顔写真を照会する作業を二十年前まで遡《さかのぼ》ってやったけど、該当者はナシだって」

「……うわ……そうか――……」

前のめりになった体を背もたれに預けて清花は言った。

「やっぱり地元の女性じゃないのかなあ……」

横濱西駐在所を後にして、車は再び長閑な道を走り始めた。

「じゃあ、丸山くんは何をしに来るんですか」

「大間《おおま》のマグロを食べに」

「はあっ？」

呆《あき》れて訊くと土井は笑った。

「うそうそ、それは冗談だけど、行方不明者について調べていたら、興味深い事件を見つけたので所轄に話を聞きに来るそうだ」

「どんな事件ですか？」

「うん」

頷《うなず》いて土井は交差点を曲がった。どこまで走っても長閑な町だ。高い建物がないので視界は広く、見える範囲のほとんどが空だ。

「埋葬せずに遺体を自宅に保管していたと言ったかな」

「ああ、年金詐欺ですね？」

と、清花はすぐさま訊ねた。自分自身は働かず、親の年金で食べていた子供が、年金を打ち切られないよう徒《いたずら》に親を延命させたり、酷《ひど》いのは、亡くなっているのに届けを出さずに遺体と暮らしていたなどという話があるからだ。

「ちょっと違うと思うんだ。葬儀はしていたそうだから」

「……え……どういうことですか」

「それを調べに来るわけですよ」

と、土井は首をすくめた。

「ぼくらが潜入を開始したと同時に本部も色々と調べ始めていたわけで、何かが勇くんのセンサーに引っかかったんじゃないのかな。詳しいことは彼から聞こう」

「いつ来るんですか」

「どうだろう。同じ青森でも彼が行くのは津軽のほうだし、万羽さんからも宿題を出されているから、その後かな……いや、案外すぐかな？」

潜入捜査はしばらく続くということだ。桃香の音楽会だけ休みをもらって自腹で神奈川へ帰ってもいいけれど、捜査が佳境を迎えた場合は現場を離れるべきじゃない。

「心配しなくても連絡が来るよ。ホテル代を浮かすつもりならテントをもってこいと言っといたから。ぼくらはいいけど鳴瀬くんはイヤでしょ？　狭い車内に男二人と泊まるのは」

清花は答えず苦笑した。

捜査本部《ちょうば》が立てば畳で雑魚寝《ざこね》はしょっちゅうだったし、それほど柔《やわ》ではないつもりだが、問題は娘との約束のほうだ。今のうちに音楽会のことを伝えておこうかと考えつつも、仕事より家庭優先と思われるのが許せなかった。なぜそれができないのかといえば、清花自身が家庭を優先できる女性への妬《ねた》みにも似た嫌悪感を持っているからだ。どっぷりと男社会に浸《つ》かってきたことの弊害か。いいや、それは私自身の問題で、欠点だ。清花はグミを出さずにグミのケースをギュッと握った。

郷土資料館はこの地域の潤沢な予算がわかる立派な建物だった。入館料も安価に設定されており、地域の学習活動や教育の拠点として申し分なく思われた。自然環境が厳しいとはいえ、土地がある地域に予算が付けば立派な施設が建つのだと、当たり前のことを清花は思った。ところが中に入ってみると、今度は職員の手作り感満載のロビーに出迎えられてホッとした。建物がどれほど洗練されていようと、誰かがそこで働けば空間に人となりが表出する。ここは子供たちが頻繁に利用して、公民館のような役割も果たしている場所らしい。

受付でチケットを買うと、土井は名刺を差し出して、神月家に関する文書があれば閲覧させて欲しいと頼んだ。受付職員はすぐさまどこかへ電話をかけて、そのような文書があって、閲覧できるかを確認し、それを見るための図書室の場所を教えてくれた。郷土史に関する蔵書のうち専門的なものは図書室に置かれていないので、蔵書庫から運んできてくれると言う。

「神月家の何がわかればいいですか？」

と、訊かれたので、

「神月家についてわかるものなら、何でもありがたいです」

と、土井は答えた。

「と、言いますと、昔の新聞とかですかしら。そちらは図書室のモニターで、デジタル化されたのが閲覧できます。あとは、村の変遷をまとめた本に少し名前が出ているくらいでしょうか。文書については台帳など未整理のものが蔵書庫にありますが、それはちょっと、すぐにお見せするというわけには……」

「わかる範囲でかまいません。お手数をおかけしますが」

「では、調べて持っていきますので、向こうで待ってらってけらっさい」

展示物を見ることもなく、二人はすぐさま図書室へ向かった。平日のせいか館内は静かで、人の姿はほとんどない。広い廊下を歩きながら、

「ジャステラってお菓子、食べてくればよかったなあ」

と、清花はもらした。高齢者施設のスタッフがくれた菓子は手をつけずに置いてきてしまったのだ。

「あれね。クリームが入っておいしそうだったね」

「今頃になってお腹が空《す》いてきました」

時刻は正午を過ぎていたが、残念ながらこの施設では食事ができない。

図書室は専門的な閲覧室というよりはキッズルームの様相だった。読書用のブース以外に幼児が遊べる場所があり、閲覧できる図書はわずかで、多くが子供用に易しく書かれた本だった。地元の研究家がまとめて簡易製本で出版したものは、子供の手が届かない高い棚に並べてあった。『六ヶ山村の伝説』や『南部語集』などという本で、神月家の資料ではなさそうだ。

「おまだせしました」

受付職員が何冊かの本を抱えてきてくれた。昭和初期まであったという森林鉄道に関するものや御料地について書かれたもの、あとは歴史研究会なるグループが出版した本などだ。

「なにか見つかるといいですけど。馬をやったり、鉄道やったり、あと、銀行とか病院とか、昔は神月家って言ったら知らない人はいませんでしたが、資料としては残ってないので……ああ、でも、そういえば」

と、顔を上げ、

「この先ちょっと行ったところに喫茶店というか、食堂がありますが、そこに行けば神月家から持ってきだって絵がありますよ」

と、親切に教えてくれた。本は帰りに受付へ戻してください、と言い置いて職員が出て行ったあと、二人は手分けして書籍を調べた。職員が『鉄道』と言ったのは、山で切り出した青森ヒバを運搬する森林鉄道のことで、近年になってその存在が知られるようになったらしい。せっかく運んでもらった書籍はそうしたことが書かれたもので、清花らが欲しい情報はなかった。森林鉄道にも神月家が相応の予算を投じ、村の発展に尽力したとわかった程度だ。

備え付けのモニターで過去の地元紙を閲覧すると、もう少しだけ一族の状況がわかってきた。同家は銀行や病院も経営していたが、銀行は戦前に、病院は昭和中期に経営から手を引いた。事業を次々に手放した理由は、木村巡査の父親の話通りに、男子が早死にする家系のせいで、鼎の妻の清見の代で家系も絶えるようだった。

「戸籍を調べてみましょうか？」

清花が訊《き》くと、「そうだなあ」と、土井は曖昧《あいまい》な返答をした。

「家系図が手に入っても、人形の謎は解けないもんなあ――」

今までのところ、人形に関する情報は一切出てきていなかった。

「――あの場所で作られたことは間違いないと思うんだけどなあーっ」

「誰がそれをしたかと問われれば、神月家の誰かで間違いないですよ。神月家の持ち物なんだから」

図書室に備えてあるのはパイプ椅子で、長く座っていると背中が痛む。清花は立ち上がって腰を伸ばした。時刻は午後三時を回り、室内には気だるい空気が満ちている。

「やはり鼎という人物が怪しいです」

「どうして？」

と、土井が訊く。

「医学部の出身だからです。人体について知識があるし、解剖も経験しているはずで……むしろ彼について調べた方が早いんじゃないですか」

「だね。ぼくもそう思っていたところだ」

土井はモニターの電源を切ると、スタッフに借りた書籍を片付け始めた。

「近くの店へ行ってみようか。神月家の絵があるという」

「絵なんか見ても何の役にも立ちませんよ」

清花が言うと土井は笑った。

「そうじゃなく、お腹が減ったろ？」


受付に本を返して食堂の場所を訊《たず》ねると、『ちょっと先』よりも離れているということがわかった。車で資料館を出て海岸近くの村まで進み、紹介された店を探すと、そこは食堂とレストランとカフェと居酒屋が一緒になったような店だった。

昼食時間はとうに過ぎ、居酒屋に変わる時間には早すぎて、店は仕込みに入っていた。それでも土井はいつもの調子で、

「こんにちはー」

と、常連のようにドアを開けた。カウンター奥の厨房《ちゅうぼう》から年配の店主が顔を出し、

見知らぬ土井を見て怪訝《けげん》そうに頭を下げた。

「すみません。時間外ですけど、何か食べさせてもらえませんか？」

ヘラリと眉尻《まゆじり》を下げてお願いすると、この時間でも準備ができる唯一のメニューということで、

「あー……まあ……カレーなら」

と、店主は言った。

店内には客が一人もおらず、カウンターには仕込み途中の食材が載せられている。奥の席を勧められ、店主が自ら運んでくれた水を飲んで一息ついた。

「すみませんねえ。助かりましたよ。もう、お腹がペコペコで」

「私もペコペコです」

おしぼりで手を拭《ふ》きながら、清花は注文できないメニューを眺めた。コーヒーにケーキ、パフェに洋食、和食に中華に居酒屋メニュー、複数の食べ物屋を凝縮したような豊富さで、それらすべてが美味《おい》しそうだ。お腹が空きすぎてどうにかなりそうだったので、とりあえずグミを一粒食べた。

「それっぽい絵は見当たらないね」

と、店内を見回して土井が言う。店は昭和レトロな純喫茶風。けれどもカウンター

近くの壁にはメニューがベタベタ貼ってあり、そこだけ見れば場末の居酒屋かスナックのようだ。対してボックス席の周りには、異国の人形、古いランプ、色あせた造花に民芸品、高価なコーヒーカップのコレクションや陶板画などが飾られている。おそらく店主がアンティーク好きなのだ。

「おまだせしました」

と運ばれてきたカレーには、味噌汁《みそしる》と漬物がついていた。

「うわ、おいしそう」

空腹だったこともあり、お世辞ではなく声が出た。頭頂部以外に残った長髪をひっつめにした店主はニコニコ笑い、

「カレーしかなくてごめんよ」

と言った。

「いえ、こちらこそ時間外に来て、無理を言って、すみません」

清花が詫《わ》びると、店主は窓から駐車場を眺めて、

「旅行ですか」

と、二人に訊いた。答えたのは土井だった。

「いえ、人形の調査に来たのです。村の郷土資料館でこちらのお店を教えてもらって

……」

「人形って、なんの人形？」

「大きな花嫁人形です」

清花が答え、土井が続けた。

「神月家の蔵で発見されたものですが、来歴がわからなくて調べています」

店主はトレーを抱いたまま、近くの席に座って訊いた。

「大きいって、どのぐらい大きいの」

「ほぼ等身大ですね」

彼は目を丸くして首をすくめた。人形については知らないようだ。

たたみかけるように土井が訊く。

「そういえば、こちらのお店に神月家から来た絵が飾られていると聞きましたけど、マスターは神月家とお付き合いがあったんですか？」

土井が店主と話しているので清花はカレーを食べ始めた。大盛りライスにたっぷりかけられたカレーはコクがあり、胃袋にしっくりくる味だった。辛くないので味噌汁とも合う。漬物は、さしずめサラダの代わりだろうか。

「うう……しみじみおいしいーっ」

嘘ではなく呟《つぶや》くと、

「んだべ？」

と、店主は嬉《うれ》しそうに笑った。それから土井に顔を向け、

「付き合いはねえども、絵はあるよ」

と、トイレへ続く廊下を指した。

「きれいな絵っこだがら買ったのよ。なじみの骨董屋《こっとうや》に飾ってあってよ、神月のお屋敷から出た絵だってのは、後からわかったこどだけどな。めごい（かわいい）絵だがら、まんず見てみろ。廊下の奥に飾ってらがら」

あとでセットのコーヒーを出してやると言いながら、店主は厨房へ戻って行った。

「残念ながら収穫はナシですね」

テーブルに身を乗り出して囁《ささや》くと、

「あったよ。カレーにありつけたじゃない」

土井はスープを飲むような勢いでカレーを食べた。

食事は大満足だった。出された分をすべて平らげ、店主がコーヒーを用意している間に、清花はトイレを借りることにした。店内を進んで厨房脇の廊下に入ると、ガー

デンオブジェのようなアンティークの彫像が床に並べて置かれていた。廊下が薄暗いのはモダンな照明を際立たせるためだろう。突き当たりにコンソールテーブルがあり、壁から突き出たピクチャーライトがそこに置かれた油絵を照らしていた。絵画はその一枚だけだ。

神月家から出たという絵は建物や風景を描いたものではなく、めごい少女の絵であった。年の頃は十二、三歳くらい、水色の洋服を着て別珍張りの椅子にかけ、膝《ひざ》に子猫を抱いている。背景には窓があり、淡い光が差し込んでいた。かっちりとした仕立ての服は昭和の時代を思わせる。肖像画だ、と清花は思い、近づいて少女の顔を見た。髪はお下げの三つ編みで、下顎《したあご》がやや膨らんだ丸顔だ。つぶらな瞳《ひとみ》に丸い鼻、左目の下と唇の脇に黒子《ほくろ》があった。

その瞬間、清花は冷水を浴びせられたようにゾッとした。

黒子。黒子の位置に覚えがある。肖像画の少女は子猫を見ているが、瞳の伏せ方にも覚えがあった。知っている。この少女を知っている。

トイレへ寄らずに席に戻ると、テーブルにはコーヒーが載せられていた。

「コーヒー来たよ」

呑気《のんき》にそう言いかけて、土井はギロリと目を剝《む》いた。

「どうした？」

立ったままで清花は囁く。

「絵です。絵を見てきました」

「めんこがったべ？」

と、厨房の奥で店主が聞いた。清花は厨房を振り返り、

「あれは誰の肖像画ですか？」

訊《たず》ねると店主は「どげだろ」と答えた。

「そったに古いもんではねえど思う。描いた人もわがらねし」

眉根《まゆね》を寄せている土井を見て、

「蔵の入口にいた花嫁です。多分そうだと思います」

さらに囁くと、土井は、とにかく席に着けと合図してコーヒーを勧めた。

「やあ。コーヒーも美味しいなあ」

などと大声で言い、

「ぼくも見せてもらってこよう」

と、席を立ってトイレへ向かった。

自分のコーヒーを二口ほど飲んでから、清花も後を追いかける。

コレクションを自慢したいのか、店主もいそいそと厨房《ちゅうぼう》を出てきた。

薄暗い廊下の先でピクチャーライトに照らされている肖像画は、生きた少女の無邪気さにあふれていた。抱いている子猫よりずっと、少女の頰の紅《あか》さや、ふっくりとした唇のほうがかわいらしかった。それなのに、この唇の口唇紋を自分は生で見て知っていると考えると、清花は皮膚の下でゲジゲジが這《は》い回っているような気がした。

「ほんとうだ。ほんとに素敵な絵ですねえ」

土井は大げさに褒めながら、首を伸ばして油絵を見た。腰をかがめたり背伸びしたりして絵の具のマチエールを堪能《たんのう》する。片隅にMasuoとサインが描かれていたが、思い当たる有名画家はいなかった。

「誰の作かな……骨董《こっとう》店の方は何も言っておられなかったですか」

清花の後ろにいる店主を振り向く。彼はおおらかに微笑みながら、

「なんも。こんな絵っこは処分するつもりだったんだど」

と、エプロンで手のひらを拭《ぬぐ》った。

「それでもなんだかめんこくて、投げられなくて（捨てられなくて）置いといたんだべ。それをオラが見づげだわけだ」

「うん……これはいいですねえ」

土井はいたく感心したふりで店主に訊《き》いた。

「額の裏側を拝見しても？」

「いいよ」

店主は上機嫌で寄ってきて、テーブルから絵を引き寄せてくれた。額の裏にはマジックで走り書きしたメモが残されていた。

――神月清見嬢十二歳１９５５――

土井と清花は視線を交わし、油絵の写真を撮っていいかと訊ねた。

「いいよ。何でも撮ってけばいいよ。ガラクタばりだげ、きれいだべ？」

本当に素晴らしいです、と言いながら他の調度品もスマホに収め、親切な店主に礼を伝えて、二人は店を後にした。

早くも夕暮れが迫っていて、日中は明るかった空も灰色になり、海岸のほうからカモメの鳴く声が聞こえた。カモメは横浜《よこはま》にもいるけれど、こちらで聞く海鳥の声は、力強くも寂しげだった。

第五章　凍った婿と人形の花嫁

福子が紹介してくれた青森大学付属総合研究所の佐藤教授を訪ねるために、六ヶ山村の周辺で宿泊地を探した。ホテルを取るわけではないから、トイレがあって車中泊が可能であればいい。スマホでサーチしてカーナビに入力し、少し北上して横濱町の道の駅へと移動した。土井のバスコンはプロパンガスを積んでいるので、調理器具や冷蔵庫やヒーターにバッテリーを用いなくてもよい。よって宿泊地に電源サイトを探す必要もない。車載バッテリーの電力は主に捜査用の特殊機材に使われる。

午後六時三十分。道の駅の営業はすでに終了していた。周辺は広大な農地で、春には菜種油を採る菜の花が黄色い絨毯《じゅうたん》を作るのだという。そのせいか、近くの幹線道路は『菜の花ロード』と名前がつけられていた。

駐車場へ降り立って、清花は周囲を見渡した。

施設の背後に横たわる小高い丘で、巨人のような風力発電機が白いプロペラを回している。対面には農地を挟んで陸奥湾が少しだけ見えている。風は強く、そして鋭い。本州北端の細くなった本土の上に自分は立っているのだなと思う。その場所が春には一面の菜の花で輝くとは、なんて素敵なことだろう。日本はあまりに美しい。都会を離れて旅してみれば、日本という国の有り様と、そこで暮らす人々の息づかいが胸に迫ってくるようだ。

トイレに寄って、道の駅の敷地を一周してから車に戻ると、土井は通信室にいた。ドアをロックしてブースの扉をわずかに開けると、パソコンを見たまま土井が言う。

「返町に報告したよ」

「ありがとうございます」

土井はチラリと振り向いて、

「悔しいことにそれほど驚いていなかった。あと、神月清見については返町のほうで生存確認してくれるそうだ。わかり次第連絡くれると言ってたよ。で、いま話しているのは万羽さん」

土井はビデオ通話ではなく、チャットで福子と話していた。婚礼衣装について調べるために東京家政大学の博物館へ行くと言っていたから、本部に戻っていないのだ。

「勇くんが来たら除票を閲覧してもらう気だったけど、返町がやってくれるならその方が早いからね」

現在は血縁者でない者が戸籍謄本などを調べることが難しい。だから土井は勇を使って住民票の除票を閲覧させるつもりだったのだ。その者が転居している場合は転出先住所と異動年月日が、死亡した場合は死亡年月日が、除票にも記載されるからだ。

ブースのモニターに土井が映した人形の写真を見ながら清花は言った。

「人形が本物なら生きてるはずがないですものね」

土井の脇から手を伸ばし、清花はモニター画面を二つに分けて食堂喫茶で撮影してきた肖像画を並べ、人形と肖像画を見比べた。黒子の位置も顔つきも、両者は同じ少女に見える。陰湿な蔵の雰囲気がまつわりついてくるようだ。

「あと、サンプルは局留めにして勇くんが取りに行ってくれたらしい。すでに検査機関に回したってさ」

「万羽さんは分割して何カ所かに出すと言ってましたけど」

「そうしてくれたということだ」

そう言うと、土井は文言を打ち込んだ。

『どひ・鳴瀬くんが戻ったので万羽さんのメールを読ませるよ』

『福：了解』

そしてスマホに届いたメールを読ませてくれた。

――件名：サンプル受け取りました

お疲れ様です。万羽です。

本日、丸山くんがサンプルを分割処理して各機関に手配しました。写真等の予備情報は与えずに鑑定依頼しています。皮膚片ですが、十四体のサンプルすべてがヒトの皮膚で間違いないということでした。

年代、血液型、年齢その他、詳しいことは結果がわかり次第お知らせします。さすがに返町課長に報告した方がいいと思いますので、土井さんのほうから連絡してください。どうぞよろしくお願いします。

あと、これからチャットで話せますか？――

「読みました」

と、清花は言い、

「やっぱりあれは人間だったんですね」

と、付け足した。予感はあったが、実際にそうだと聞けば心が乱れる。蔵の奥に隠された作業場を思い出し、そこで作業する人間の姿が真っ黒で角を生やした悪魔のように思われた。こうなってしまっては一刻も早く各署の協力を得て、人形と行方不明者を照合することになるだろう。ああ、でも、その場合は詳しい鑑定結果が必要で、骨を入手した方が早いということだ。

「明日は青森市ですね。蔵から人形を出してスキャンしてもらわないと」

「そうなるだろうね」

と、土井も言う。あれを車に同乗させると思っただけで、清花は背中が寒くなる。

土井の指先がキーを打つ。

『どひ：他にわかったことはない？』

すぐさま福子が返事をした。

『福：いま伝える』

清花はブースに入り込み、扉を閉めて土井の後ろに立った。土井はモニターから写真を消すと、代わりにチャットの入室画面を呼び出した。椅子を片付けて立ち上がったので、狭い空間に立って並んで会話に入った。

『サ：鳴瀬です。入りました』

『福：ようこそ　笑』

文字列は呑気《のんき》だが、立派な捜査会議である。清花は福子が発言するのを待った。

『福：花嫁衣装だけど、博物館で写真を見てもらったら、鶴と牡丹《ぼたん》の色打掛は手描き友禅に金彩と貝螺鈿《らでん》を組み合わせた珍しい技法で、五十年以上は経っているそう。こうした品を作れる店は少なくて、多分ここだろうというのを紹介してもらったから、問い合わせをしているところ。嵯峨野《さがの》の打掛専門店よ』

『サ：すごいわ』

『福：凄《すご》いのはお値段。制作期間が何ヶ月もかかるので優に一千万円を超えるんですって。普通はレンタル品になるけれど、それを個人で注文したら、納品先はすぐにわかるんじゃないかしら』

「すー、ごー、いー」

と、土井が呟《つぶや》く。

「あそこにあった衣装すべてがそんな値段なんですか？」

そうだとするなら資金はどうやって調達したのか。神月家の凋落《ちょうらく》は、まさか人形のせいではあるまい。

『福：あと、百年以上も前の打掛が含まれていたみたい。黒地に金の吉祥《きっしょう》文様、裾《すそ》に赤い袘綿《ふきわた》が入っている品は明治期くらいのデザインだって。当時の名家は嫁入り衣装を代々引き継いで着たそうよ。家紋を調べたら、『対《むか》い鶴』は東北で栄えた南部《なんぶ》氏が用いたものみたい』

『どひ：もっと詳しく調べられるかな』

『福：もちろんやってみるつもり』

『どひ：あともうひとつ』

と、土井が打ち込むと、福子の返信がしばらく止まった。

土井はチラリと清花を見て、「くわばらくわばら」と、呟いた。

「万羽さんは優秀だけど、キャパを超えるとマズいんだよな」

土井も勇もそう言うけれど、清花はまだリモートでしか本人を知らない。不穏な静けさがしばらく流れ、やがて、

『福：なに？』

と、文字が浮かんだ。

『どひ：神月鼎の屋敷の家守《いえもり》夫婦についても調査を頼むよ。情報は初日に送っておいたけど』

またも不穏な静けさがあり、土井が緊張するのがわかった。

『どひ：名前だけじゃ難しいかな？』

ご機嫌を伺うように追加で語る。土井の真剣な顔を横目で見ながら、火を噴くゴジラを想像した。福子はしばらく沈黙し、やがて画面に顔文字が浮かんだ。

キラン、と、ドヤ顔を示すものである。土井は一気に脱力した。

『福：三浦成義・めぐみ夫妻に関しては、警察のデータに名前があったの』

『どひ：まさか』

「まさか」と土井は口にも出した。

『福：資料は明日、本部に行ったら送信するけど、家守さんがこの夫婦なら五年前から所在不明になってるわ。ご主人は呉服卸業、店が火事になって六歳の娘が死亡。店に多額の保険が掛かっていたということで、保険調査会社から京都府警に捜査依頼があったらしいの。でも原因は子供の火遊びで事件性はなかった。店舗の規模に対して掛け金が多かったのも、高価な商品を扱っていたからみたい』

『どひ：夫婦はその後？』

『福：店舗は売却、周辺店舗への補償を終えて行方不明よ』

「同一人物でしょうか――」

清花が訊《き》くと、土井は曖昧《あいまい》に首を傾げた。

「——今回も火災が起きていることが引っかかりますけど」

「……消防署でも話を聞くか……でもなあ」

潜入捜査班の仕事はあくまでも、事件の背景を探ってしかるべき部署へ情報をつなぐことだが、どうするか。

「こういうのはどうですか？」

と、清花は言った。

「オンライン窓口にもらったメールを無視することなく、我が班がきちんと動いているということを、先方に知らせるために行くんです。それなら返町課長の顔も立つし、消防署員のほうでも通報が無駄でなかったとわかります。調査をしていますよと挨拶《あいさつ》に行って、ついでに情報を引き出すというのはどうでしょう？」

「てー、んー、さー、いー」

と、土井は笑った。

『どひ：勇くんも来るんだよね？』

『福：連絡させる？』

『どひ：いや、大丈夫』

『福：青森は寒いのに、きみはテントで寝ろと言われたって拗《す》ねていたわよ』

『どひ：（ニッコリマーク）』

『福：あと、その丸山くんがネットサーフィンしてみたら、奇妙なものを見つけたと言うので、念のために送っておくわね。それじゃ、私はこれで』

『どひ：ありがとう』

『サ：お疲れ様です』

ＵＲＬを表示してすぐに、福子はチャットルームを退室した。土井がそのＵＲＬにアクセスすると、個人のＳＮＳにつながった。

――じょっぱり@素人カメラマン　@jyoppy-kameradaisuki
俺はいったいなに見たの？　この謎に心当たりのある人求む。
山奥でマヨヒガ見つけて喜んでたら、まさかの花嫁幽霊に遭遇！　あまりの恐怖で撮影できず。でも、絶対に夢じゃない。

――じょっぱり@素人カメラマン　@jyoppy-kameradaisuki
撮影場所は野辺地山間部の道路から奥へ入った先です。土地の伝説でもなんでもいいから、この奇妙な現象に心当たりのある人は教えてください。

書き込みには画像データが添付されていた。風景写真だ。

小高い丘に細道があり、道の上部に石垣が築かれ、石垣の上には土塀があって、土塀の先に黒い門がある。そして土塀の上部には、大きな屋根が覗《のぞ》いていた。背後にあるのは竹藪《たけやぶ》で、周囲は山だ。

「神月家の屋敷じゃないですか？」

と、清花は言った。

「黒門があります。竹藪も……土塀もです」

「そうみたいだな」

と、土井も言う。

焼け落ちる前の屋敷の写真だ。撮影者もあれを見てマヨヒガを連想したのだ。

「でも、花嫁幽霊って……」

そう訊くそばから戦慄《せんりつ》した。土井はいつもと変わらぬ調子で、

「こー、わー、いー」

と、呟いてから、

「この人に連絡してみよう」

と、真顔で言った。言うが早いか高速でキーを叩《たた》き出す。

清花はそっと椅子を引き出し、土井を座らせて脇へとよけた。

「すぐに返信が来るとは限らないよ」

「わかっています。なにか……コーヒーでも淹《い》れましょうか？」

「いいねえ」

と、土井が言うので、ブースからキッチンへ移動した。

棚にストックしている水をやかんに入れて火に掛ける。キッチンの蛇口をひねれば水は出るのだが、そちらは車載タンクに貯蔵してくる水なので飲料水には使わないよう言われているのだ。コーヒー豆を出し、見よう見まねで定量を計ってミルに入れた。ガリガリと豆を挽《ひ》き始めると香気が立って、すでに味わっているような気分になる。テーブルにスマホを載せて、桃香と話すため勉のスマホに電話をかけた。

「はーい、もしもーし？」

と、出たのは義母《はは》で、清花は思わず姿勢を正した。

「お義母《かあ》さん？　清花です」

「ごめんなさいねえ。勉はお風呂《ふろ》に行ったのよ。消防訓練で汗を掻《か》いたって」

「そうなんですね。すみません」

何を謝っているのかと思うが、つい、詫《わ》びてしまうのだ。

「今日は晴れて暑いくらいだったから……そっちはどうなの？　寒いでしょう」

「寒いです。でも、防寒着を持ってきているから」

「そうよねえ、寒いわよねえ。風邪ひかないようにしなくっちゃ」

「ありがとうございます。あの、桃香は」

「ちょっと待ってね、いま替わるわよ」

それから義母は声を潜めて、

「清花さんが電話してくるかもしれないからって、勉がスマホを置いていったの。ねえ？　ドングリから虫が出たのよ、白くて丸くて太ったやつが……」

ばあば、替わってー っ、と声がして、義母は通話口から消えた。

「もしもし？　桃香？」

「もしもし？　ママ？」

豆を挽きながら話していると、

「どうしてガリガリ言ってるの？」

と、娘が訊いた。

「コーヒー豆を挽いてるからよ。お豆を粉にしてお湯で落とすの」

説明してもわからないだろうなと思う。家で飲むコーヒーは、粉をお湯で溶くだけだから。

「お豆なの？」

と、訊くので、

「ちゃんとしたコーヒーはお豆なの」

と、清花は答えた。

「時間が掛かるけど美味《おい》しいのよ」

「甘いの？」

「苦いよ」

「じゃあ、いらない」

と、桃香は言った。「おすくりみたいな味はキライ」と。幼児言葉はずいぶん減ってきたけれど、間違って覚えている言葉もあって、『お薬』と言えるときもあれば『おすくり』になるときもあり、今はまだ『おすくり』と言う比率が高い。

ドングリ虫について訊《たず》ねると、三つも出たと喜んで言う。丸くて白くてかわいらしいと。お湯が沸いたのでガスを止め、ポットにフィルターをセットした。その上に挽いた豆を入れ、ジョボジョボとお湯を注ぎながら、こんな感じでよかったかなと考える。おやすみを言って電話を切ったとき、土井がキッチンのほうへ出てきた。

「SNSの投稿主とバックヤードで話したよ。地元ではなく津軽の人で、言われてみれば『じょっぱり』は津軽の方言だった……内容はスクショで保存しておいた」

流れていってしまう会話画面をスクリーンショットに残したと言う。

「私もコーヒー淹れました」

ドリッパーごとフィルターを外してシンクに置くと、マグカップにコーヒーを注ぎ分ける。土井が淹れるものに比べて色が薄いような気がした。

「やあ、悪いね」

ダイニング部分のテーブルに着くと、カップを引き寄せてコーヒーを飲み、

「……うん」

と、土井は微妙な顔をした。清花も一口飲んでみて、

「うわ……まず……」

と、思わず言った。

「なにこれ、どうして？　ちゃんと豆を挽いたのに」

土井は眉尻《まゆじり》を下げて笑った。

「ちゃんと挽いてからお湯をドボドボ入れたんでしょう？」

「そうですけど」

「だよね。そういう味がする」

苦笑しながら飲んでいる。

「え、違うんですか？　やり方がある？」

「それはインスタントコーヒーの淹れ方だよ。もしくは昔の騎馬隊がさ、砂漠で野営するときに焚《た》き火でお湯を沸かして飲むやり方だ。アメリカンってやつね。けど、その場合は豆がカップの底にずっとあるから、こういうマヌケな味にはならない」

マヌケな味と言われると、妙に納得してしまう。これはコーヒーではなく色のついたお湯だ。あの芳醇《ほうじゅん》な香りすら、どこにも残っていないのだから。

「悔しいから今度淹れ方を教えてください。これじゃ豆と時間が可哀想です」

「ホントにね」

土井は笑ってスマホを出した。スクショしたやりとりは、自分のスマホに転送したらしい。

「当該建物だけど、撮影場所を確認したら神月家の屋敷で間違いないとわかったよ。撮影日は十一月五日で、天気はいまいちだったけど、紅葉を撮るため山へ入って見つけたそうだ。鄙《ひな》びた隠れ集落を写真に撮るのが趣味なんだって」

「場所を知っていたわけではなかったんですね」

「偶然だって。マヨヒガのようだったから撮影したと」

写真はずいぶん引いた位置から撮られている。敷地がかなり広いので、相応に離れなければファインダーに全体を収めることはできないはずだ。清花も敷地全体を撮ろうとしたが、写ったのは石垣と土塀だけだった。

「土塀の中を撮影したくて向かい側の斜面を登ったんだって」

そうであろうと清花も思う。

「で？　花嫁幽霊というのは？」

「残念ながらそっちの写真はない。カメラを向ける前に消えたんだってさ」

と、土井は言い、カメラマンが幽霊を見たときのことを話してくれた。

「不思議で怖くて、あの家には何か謂《いわ》れがあるんじゃないかと思ったそうだよ。怪談の謎解きが欲しかったわけだ」

その時点では神月鼎も存命だったはずだが、高齢で病気とあってはSNSなど見ないだろうし、なにかを答えたとも思えない。もしくは殺人犯が別にいて、この投稿に気がついて、神月鼎もろとも屋敷を燃やしてしまおうとしたのか。

「それで？　何かわかったんでしょうか」

「いやまったく」

と、土井は頭《かぶり》を振った。

「オカルト好きの連中から面白おかしく囃《はや》し立てられただけだって。屋敷は燃えたと伝えたら、怖がってはいたけども、個人的にはそれで納得できたようだった。もちろん人形については話していない」

清花は背もたれに体を預け、両手でカップを持って中身をすすった。コーヒーだと思わなければなんとか飲める。

「彼が見た幽霊は人形でしょうか」

「わからない。人形が自分で外へ出て行くわけないし」

清花は土井の真似をして、低く抑えた声で言う。

「実は……土蔵の二階から下を見たとき、衣装の裾《すそ》が汚れているのに気がついて、裾をめくって確認したんです。そうしたら、ほとんどの人形が足袋《たび》やドレスの裾に土を付着させていたんですけど……まるで自分で歩いたように」

「まー、さー、かー」

「本当です。写真に撮ったと思うけど」

清花は立ち上がって機材があるブースに入った。デジタルカメラのメモリから削除したデータは、すべてこちらに移行してある。当該画像を呼び出すと、土井は眼鏡をかけ直してモニターを凝視した。

「……ほんとうだ」

その言い方が生々しくて鳥肌が立つ。人形は勝手に歩かない。

では、カメラマンは何を見たというのだろうか。


翌朝は、農地も空も風景もどんより曇った天気であった。丘の上の巨人のような風力発電機もプロペラが灰色に霞《かす》んで、うなりを立てて海からの風を受け止めている。パンを買う暇がなかったので、土井のコーヒーを飲みながら、

「何か作りますか？」

と、清花は訊《き》いたが、移動途中でコンビニに寄ればいいよと土井が言うので、グミを何粒か分けてあげた。ただ食べるなら柑橘《かんきつ》系の味が好みだ。けれど柑橘系はコーヒーとの相性がすこぶる悪く、清花はひそかに味覚の組み合わせという概念を学んだ。

「鳴瀬くん、なんでグミが好き？」

土井に訊かれると返答に困った。いつからグミに頼るようになったかなんて、覚え

ていない。でも、生活安全課の刑事をしていた頃にはすでに小袋を持ち歩いていたような気がする。桃香にビタミンを取らせようと購入し、誰かが虫歯になるよと教えてくれて、自分で食べたのが始まりだったか。あの頃、自分はすでにストレスを抱えていたのだろうか。

「どうしてと言われても困っちゃいますけど……」

どうしてでしょうね？　と、清花は訊いて、苦笑した。美味《おい》しいからと言えればいいけど、それだけでもない。結局、答えはわからない。

冷蔵庫の電源をガスからバッテリーに切り替えて、車内のガスの元栓を閉め、移動中にトラブルがないよう、引き出しなどすべてにロックを掛ける。落ちてきそうな荷物はないか確認し、窓を拭《ふ》いてロックして、ゴミを分別してトランクへ移動する。出発準備が整うと、最後にもう一度トイレを借りる。感謝を込めて駐車場のゴミ拾いをし、施設がオープンする前に土井の車は出発した。

枯れ色になった農地の向こうに灰色の陸奥湾がチラチラ見える。土井は海を見ようと言って、内陸側を通る国道ではなく海岸線を走るルートを選択した。カーナビのマップで見る限り下北半島の海の景色を堪能《たんのう》できると思ったが、実際は防風林に邪魔されて海岸線を走っている感じは薄かった。

「そうか。風と雪が激しいからですね。だから防雪林がこんなにあるんだ……」

海の方角を見ながら呟《つぶや》くと、

「来てみなければわからないことって多いよね」

と、土井も言う。その通りだと清花は思う。

「特に高い山もないから、吹きっさらしになっちゃうんだろうね」

その土地に生きるということは、観光に来るのとは違うのだ。菜の花は年中咲かないし、晴れの日ばかりでもない。時折姿を現す海は灰色で、水平線すら曖昧《あいまい》だ。海は曇った空と一体になり、海岸線も望めない。清花はグミのケースを開けて、桃とイチゴを口にした。

万羽福子が青森警察署経由で協力を仰いだ文化人類学の教授は佐藤といい、在籍している大学の付属総合研究所が青森市にあるとのことだった。その場所は八甲田山《はっこうださん》の麓《ふもと》で市街地から少し離れていた。閑静な森林地帯で、別荘のようなコテージと一般住宅が混在している。研究所の建物には大仰なイメージがなく、大学の研究施設というよりは高校の校舎のようだった。

駐車場に車を乗り入れたとき、土井は清花を見て言った。

「ここはサーちゃん主動で行こう」

「わかりました。けど、なぜですか？」

「研究者は学会なんかで横のつながりを持っているから、ぼくが研究者を名乗っても、ニセ者だってすぐバレる。だから、ただの調査員ということにする。サーちゃんは若いから知識がなくても怪しまれないし、熱意で質問できるよね」

「ボスは一緒に行かないんですか？」

「行くよ」

と、土井は即答した。

「ただし、ぼくは添え物だ。名刺も出さないからよろしく」

清花は頷《うなず》き、福子から教えられた佐藤教授の番号に電話した。自己紹介して教授と直接話し、学内への入り方を訊いて車を降りた。

「人形の写真も持って行きますね。隠し部屋のデータだけは抜いておきます」

「それがいい」

と土井が言うので、清花は名刺と資料を準備して、顔から刑事らしさを消した。

外観に差があったとしても、建物内部に入ってしまうと、研究施設というのはいずこも似たような造りであった。下駄箱や廊下はまさしく学校のそれで、来客用のスリッパは棟の名前がマジックで書き付けてあり、履くために引き寄せようと思って屈《かが》むと、受付で渡された入館証のストラップが頬をこすった。昇降口でスリッパに履き替えていると、「どうもどうも」と言いながら丸っこい男性がやって来た。

文化人類学者の佐藤教授は五十代半ばで、天辺《てっぺん》が禿《は》げ上がった頭の両脇にカールした髪がもしゃもしゃと茂っていた。丸顔で童顔、アンパンマンに出てくるジャムおじさんのようだと清花は思った。

「お世話になります。今ほどお電話した鳴瀬です」

「土井です」

二人は上がり口で挨拶《あいさつ》し、代表で清花が名刺を渡した。教授は名刺の内容にほとんど関心を示すことなくポケットに落とし、自分の名刺もよこさなかった。そして、

「警察から電話をもらったときは驚きましたよ」

と、先頭に立って廊下を進みつつ振り向いた。

「なんですか、旧家の蔵から珍しい品が出たそうですね？　そちらではずっと人形の研究を？」

清花は新人刑事だったころのことを思い出していた。木戸に立てかけせし衣食住。気候、道楽、ニュース、旅、天気、家族、健康、セックス、仕事や衣食住を話題として取り上げる。それが初対面の相手との会話を円滑に進めていくコツだ。

「国内の郷土玩具《がんぐ》などを収集、保存して、本などにまとめて出版しています。先生のような研究者はいなくて、素人の物好き集団みたいな感じです」

「ほう？　それがまたどうして警察の調査に協力を？」

謙遜《けんそん》すると好奇心をむき出しにして問うてくる。清花はニッコリ微笑んだ。

「実は、たまたまなんです。たまたま……」

返町がお気に入りのおでん屋を思い出しながら、

「よく行く飲み屋の常連さんが警察の偉い人だったんです。でも、そんなこととは知らなくて、おでんとお酒の趣味が合うので親しくしていただいていたんですけど、郷土玩具の本の話をしたら、ぜひ見て欲しいものがあると仰《おっしゃ》って」

「ほうほう。それはなんですかな？」

清花は立ち止まって声を潜めた。

「木製の小さな人形でした」

土井も隣で足を止めたが、無言でニコニコしているだけだ。

教授に半歩近づいて清花は言った。

「ある事件で、ご遺体と一緒に埋められていた人形で、どういうものかわかるかと」

「それはそれは」

教授はさらに興味深げな顔をする。清花はかつて自分が捜査した事件について話した。そのときの遺体の状況も、胸に置かれた人形も、決して忘れることはない。警察の無力を感じるほどに、あまりに悲しい事件であった。

「アダンの呪術《じゅじゅつ》人形でした。不法滞在の外国人が亡くなって、ご遺体を密《ひそ》かに埋葬していたというのが真相で、故人が寂しくないよう一緒に埋めてあったんです。家族全員の分がありました」

「興味深いお話ですなあ」

「今回も、ちょっと見てくれないかと言われて気軽に引き受けたんですけど、私たちの手には負えなくて……」

清花はさらに笑顔を作った。

「初めて来ましたが、青森は素敵な場所ですね」

「人も食べ物もいいんですがねえ……冬がこんなに厳しくなければ」

教授は再び歩き始めた。

「風が強くて驚きました。でも食べ物はホントに美味《おい》しいですね。お安いし」

「そうでしょうかねえ……まあ、そうなんでしょうね」

頭も身体も丸っこい教授の背中に清花は言った。

「一昨日《おととい》、調査に入って実物を見たんですけど、とにかくビックリしてしまって……私たちなんかより、青森には花嫁人形を研究しておられる先生がいるので、そちらにお願いした方がいいのでは？　と申し上げたら、直接行って話を聞いてくれないかと言われたんです」

「すみません」

と、土井も頭を下げた。

「いやいや、私も大いに興味があります」

話しているうちに研究室に到着した。室名札に『佐藤』とあるから、研究室というよりは書斎のようなものかもしれない。

「どうぞ」

と言われてドアが開くと、それはシンプルで細長い部屋だった。

入口側に打ち合わせ用のテーブルと椅子が置かれていて、パーティションで仕切られた奥の窓辺にパソコンやOA機器などを揃えたデスクが見えた。窓と入口以外の二面は棚で埋められ、専門書や土偶のレプリカ、婚礼人形などが並んでいる。天井は配管がむき出しで、隅に蜘蛛《くも》の巣が張っていた。打ち合わせテーブルの中央には、色あせた和服の帯を載せてある。藍《あい》地の帯の一部だけに幾何学模様が入っていて、テーブルセンターのようだった。

「これ、帯ですね。すてきだわ」

本心から清花が言うと、教授は照れくさそうに笑った。

「南部菱刺しですよ。帯のような大きなものに刺すのは大変で、こうなるともう芸術です。いや、わかってくれる人がいると嬉《うれ》しいですな」

義母《はは》が好きそうだと、すぐに思った。とても手に入れられそうにはないけれど。

「わかりますよ。すてきだもの……古い帯をテーブルセンターにするのはいいですね」

教授は少し赤くなり、

「いや、正直に申し上げると、私ではなく、かみさんのセンスですがね。こういう技術を紹介して残す活動をしているのです」

と、笑う。清花と土井がテーブルに着くと教授はデスクからどこかに電話して、二人の向かいに来て座った。

「早速ですが、お話を聞きましょうか」

清花は鞄《かばん》からノートパソコンを出して電源を入れた。そして蔵で人形が見つかったいきさつを、かいつまんで説明した。

「なるほど、旧家の蔵から人形が……」

蔵の手前にあった一体の写真を呼び出して、モニターを教授に向ける。選んだのは神月家の娘、清見と同じ位置に黒子《ほくろ》がある人形だ。

教授はモニターに顔を近づけ、次には自分でコントローラーを操って画像を拡大するなどした。目を細め、モニターを見たままで、

「いや……これは……」

と、呟《つぶや》いた。やがて、

「すごいですね。いや、すごい」

と、ため息を吐き、もっと食い入るように画像を見ながらこう訊《き》いた。

「まるで生きているようだ。大きさは？」

「等身大です」

「ふうむ……なるほど……」

「カツラも打掛も本物を使っているようなんです」

土井が言うと、教授はようやく顔を上げ、

「いたのは花嫁だけですか？　花婿は？」

と、訊いた。

「いえ、花嫁だけです。人形は十四体ありますが、すべて花嫁でした」

「ふうん……でもなあ……他の写真を拝見しても？」

どうぞ、と清花が答えると、彼は前のめりになって別の写真を閲覧した。モニターを舐《な》めるように隅々まで見ながら、

「衣装を脱がせてみましたか？」

と、訊いた。

「まだ所有者がわからないので、それはしていないんです。衣装も縫い止めてありますし、懐剣や筥迫《はこせこ》も落ちないように糸で止めてありました」

「ほうほう……なるほどねえ」

「構造といいますか、お人形の内部がどうなっているか知りたい気持ちはあるんです……それで……たとえばですが、こちらへ現物を持ち込んでスキャンしていただくというわけにはいかないでしょうか」

「いいですよ」

と、彼は頷《うなず》く。

「そういうことをできるのが大学の利点ですからねえ。研究費が厳しいとはいえ、学問に貢献するのが役割ですし、何より私が、ぜひとも実物を見てみたいですなあ」

助かりますと清花は言って、土井に向かって微笑んだ。

「そちらで運び込むのが大変ならば、うちの学生に手伝わせましょう。重さは？　けっこう重いんですか？」

「思ったよりも軽かったです」

「衣装含めて二十キロ程度というところですかねえ」

清花と土井は次々に言い、

「佐藤先生は、こういう人形をご覧になったことがありますか？」

清花が訊くと、教授は背筋を伸ばしながら、

「……いいやぁ……」

と、首を傾げた。ノックの音がして、学生らしき若い娘が紙コップに入ったコーヒーを運んで来てくれた。教授は彼女に礼を言い、手招きしてモニターの画像を見せた。

「どうだい、きれいだろう？」

「蠟《ろう》人形ですか？」

と、学生は訊いた。清花も土井も黙っていた。

「張り子みたいにも見えるけど……リアルすぎて気持ち悪いですね。顔が普通の人みたいなところが特に」

学生の素直な意見だ。人形を作るなら一般的な美人にするか、デフォルメするものだと言いたいのだろう。白塗りされている以外はどこにでもいそうな女性たちなのは、創作ではなく本物だからだ。

学生が出て行くと、モニター画面を清花のほうへ戻して教授が言った。

「ご存じとは思いますが、東北地方で花嫁人形と聞けば思いつくのが人形婚で、花嫁人形を故人の写真と一緒に祀《まつ》ったりしますけど、等身大では写真と釣り合いませんしねえ」

「花婿は遺影で花嫁が人形というのが一般的ですか？」

清花が訊くと教授が答えた。

「一対の場合も、もちろんあります。ただ、戦後の貧しい時代には、人形を一対で用意する金もなかったりで、戦死した息子の写真と花嫁人形という組み合わせが多かったのかな。電話で花嫁人形と聞いたときにはそれかと思ったわけですが、等身大というのはどうも驚きましたねえ」

清花は身を乗り出した。

「ここへ来る途中で鯵ヶ沢の人から歌う人形の噂を聞きました」

噂は教授も知っているらしかった。

「人形婚発祥といわれるお寺が弘前市にあって、歌う人形がいるのはそちらですねえ。お参りの人が絶える時刻になると歌い出す。それをご住職が聞くという話です。まあ、死後に人形と結婚するなんて、うわべだけ聞けば気味が悪いのかもしれませんが……津軽地方は五所川原《ごしょがわら》にも民間信仰の場として『川倉賽《かわくらさい》の河原地蔵尊』というお堂があって、そこは有志が管理して常駐の住職はいないのですよ。毎年六月に祭礼があって、お地蔵さんや婚礼人形を奉納している遺族が衣替えに来ています。イタコも来て口寄せしたりで……行ってみられるといいかもしれませんね」

「この人形も、人形婚と関係があると思われますか?」

「……どうだろうか……むしろ……」

教授はほのぼのとした顔を少し傾げて、

「うーん……花嫁衣装を着ていますしねえ……でも、拝見してすぐに思ったのは人形婚というより、冥婚《めいこん》でしょうかねえ」

人形婚と冥婚の差がわからないので、清花は教授に首を傾げた。

「実は、ですねえ。未婚者を死後に結婚させるという風習は、中国、台湾、韓国、あとアフリカにもありますが……それと比べれば東北の人形婚は歴史がずいぶん浅いのですよ。変わったところでフランスでは、死亡した相手との結婚を国が法律で認めていますが、これについては妊娠中だった子供を配偶者の子供として認知させられるという意味合いが強く、財産の相続権などは含まれません。ちょっと話が逸《そ》れました」

教授は「どうぞ」とコーヒーを勧め、自分のカップに砂糖二杯とミルクを入れてスティックでかき混ぜた。一口飲んでハンカチを出し、唇に押しつけて拭《ぬぐ》う。

「冥婚は東南アジアに多く見られる風習ですが、日本のそれとは意味合いが少し違います。日本でも青森は人形婚、山形ではムカサリ絵馬ですね」

ニッと笑って先を続ける。次第にテンションが上がってきたらしい。

「えーっと……さて……」

教授は椅子に座り直して、

「中国には、故人の葬式を執り行えるのは親族だけという考えがあるので、死者に身寄りがない場合、婚姻関係を結んだ上で葬式を出してやり、悪霊になるのを防ぎます。また、独り身で死んだ者が寂しさのあまり遺族に取り憑《つ》くことがないように、媒酌人を介して死者同士をめあわせて結婚式を執り行います。これが冥婚ですね。その後は遺体を掘り起こし、死んだ花婿と死んだ花嫁を同じ墓に埋葬するのです。死者同士をつなぐ媒酌人みたいな業者がいましてね、適当な相手が見つからない場合に、墓を掘り返して遺体を盗んで捕まったなんて話もあるくらいです。最近ですよ？　女性の遺体ばかり盗む業者の背景にあるのは一人っ子政策で、女子の数が少ないことが関係しているとかいないとか」

と、朗らかに付け足した。

「韓国の冥婚は死霊祭と呼ばれる儀礼の折にシャーマンが祭司を務めて行います。こちらも死者同士の結婚です。日本の冥婚は、死者と結婚した者が向こうへ連れて行かれないよう、架空の人形をあてがいます。ここがひとつ特徴的です。面白いのは、国が違えば死者と生者の結婚もあることで」

「え……」

清花は変な声が出た。ニコニコしながら教授が頷く。

「写真を見てすぐ頭に浮かんだのが台湾の冥婚です。赤い封筒の話をお聞きになったことはありますか？」

教授は土井と清花を交互に見つめた。

「ありません」

と、清花が答え、

「ないですねえ」

と、土井も答えた。教授は得意満面に、

「台湾の場合、女性は家庭を持つと嫁ぎ先の墓に入るのが決まりです。その後は嫁ぎ先の子孫に祀られて、日本的に言うなら供養されるというわけです。ところが、未婚のままで女性が死ぬと、どこの墓にも入れてもらえず、菩提《ぼだい》を弔う者がいなくなる。未婚女性だけが入る墓があるほどです。そこで未婚女性が亡くなると、誰かと結婚してその家の墓に入れてもらうわけですね。では、誰と結婚させればいいか」

清花は眉《まゆ》をひそめて訊《き》いた。

「誰ですか……？」

「相手を決めるために使うのが赤い封筒で、亡くなった女性の髪と写真、小銭などを入れて道に置きます。誰かがそれを拾ったら、陰で見ていた親族が出てきてその人物を新郎にするわけですよ」

「え？　そんなことで、男性は納得できるんですか」

「もちろん断ってもいいのです。その場合は封筒にお金を足し入れるなどして、よいお相手が見つかりますようにと願って返す。そのたび封筒の中身は増えていく。拾いたくなる人もいるでしょう。日本人は誤解しがちですが、死者と結婚したからといって、生きている女性と結婚できないわけではありません。すでに結婚していてもいい。死んだ花嫁は持参金を持ってきますし、そのようにして墓に迎え入れた花嫁は、夫や一族を守って繁栄させると信じられています」

清花は大きく頷《うなず》いた。

「お墓と弔ってくれる人が必要だから結婚させるということですね」

「そう。結婚式も行うのです。ご遺体にドレスを着せてパーティーをして、新郎新婦を車に乗せて、周辺の人々にも知らせるとかね。日数が経ってしまった花嫁を美しく見せる技術もあります」

遺体にドレスを着せて結婚式をする。日数が経った花嫁でもそれをする。

清花は思わず土井を見た。

「人形婚とは違うのですが、こういう事実もありますよ」

コーヒーを飲んで教授は続ける。

「死体写真のブームです。今と違って写真がまだ高価だった時代。銀板写真ができた頃にはポストモーテム・フォトグラフィといって、ご遺体を写真に残すことが流行しました。面白いのは、死体を死者としてではなく生きているように撮った点です」

「なぜですか？」

清花は訊いた。全く理解できない話を聞かされているようだった。

「不気味ですよね？　でも、家族はそのようにして死者との思い出を残そうとした、と聞けばどうですか？　写真なんて高価で手が出なかった時代です。せめて最後の姿を写真に残そうとしたわけですね。ときには家族写真のようにして一緒に写るとか……遺体写真が流行すると、写真家も多く出てきて競争になり、如何《いか》に生きているように撮るかが腕の見せ所となりました。目を開けているように写す技術が生まれ、死体を立たせたり、座らせたり、花で飾ったりと色々でした」

あの花嫁たちも、その姿を永遠に残そうとした誰かが加工したことには違いない。問題は、誰が、なぜ、なんのために、誰の遺体を加工したかだ。遺族がしたというならまだ理解できる気もするけれど、それならどうして山奥の蔵に残されていたのか。考えるほどに浮かんでくるのは隠し部屋の生々しさだ。蔵に置かれた人形たちは美しい。でも、あの姿になるために何をされたか考えるなら、おぞましさに身がすくむ。

頂いたコーヒーを飲んでみたけれど、怒りと戸惑いの味しかしなかった。

人形を持ち込めばスキャンしてくれると教授がいうので、明日の午後一番で約束を取り付け、研究所を後にした。

大学の駐車場へ戻る途中で土井が言う。

「やっぱりサーちゃんでよかったね」

「何がですか？」

「アダン人形の話だよ」

土井はいつもの飄々《ひょうひょう》とした調子で、

「あれって、サーちゃんが担当した事件だろ？」

「わかります？」

土井は小さく頷いた。

「真実の言葉には力があるから、教授はあれでサーちゃんを信用したと思うんだ。人形婚や冥婚をただのオカルトで片付けない人だと思ったからこそ、色々話してくれた。よかったよ」

犯人を検挙したとか、自白させたとか、そういうこと以外で褒められたのは初めてだ。どう答えたらいいのか迷っていると、土井のスマホが鳴り出した。

「お、勇くんだ」

土井はさっさと電話を取ると、車の外で少し話して、車に乗れと合図した。自分も運転席に乗ってきて、

「スピーカーにするよ――」

と、勇に言った。

「――サーちゃんにも聞かせたいから」

オッケーですという声が、土井のスマホから聞こえてきた。

「丸山くん、お久しぶりです。清花です」

「ども。お疲れ様です」

「もう青森に着いてるそうだよ。飛行機は早いね」

と、土井が言う。

「着いてすぐレンタカー借りて、青森南警察署へ行ってきました」

「冷凍遺体の件で？」

「そうです。事件自体は昨年末のものですが、管轄署がそこだったので」

「自宅に保管してたんだっけ？」

土井が訊《たず》ねると「はい」と勇は返事をした。清花も訊ねる。

「土井さんからちょっと聞いたけど、まだ若い人のご遺体だったんですってね。どうしてそれを調べようと思ったの？」

「どうしてって、青森ですよ？」

「だから？」

と、清花は眉をひそめた。頭の中では花嫁たちのことを考えていた。

「青森と言えば『ねぶた祭』じゃないですか。青森ねぶた、弘前ねぷた、五所川原立《たち》佞武多《ねぷた》、俺はまだ立佞武多しか見てないですけど、もうね、サイッコーじゃないですか。高さ二十メートルもある佞武多が町を練り歩くんですよ？　神楽《かぐら》太鼓と、あの熱気、町全体が同じ興奮を共有する感じというか」

祭りの話になると、どんどん熱を帯びてくる。清花は呆《あき》れてこう訊いた。

「それと事件と関係あるの？」

「ないです」

勇は笑い、「あのねえ」と、清花は怒った声になる。

「それは冗談ですけども、冗談でなく立佞武多は一生に一度は見るべきです。日本人の血が滾《たぎ》ります。で、仕事の話に戻しますけど、今回の件で返町課長が気にしていたのは、うちのオンライン窓口に来たメールの『等身大の花嫁人形』という文言です」

「それって、消防署員が所轄に報告したけど取り上げてもらえなかったから、うちへメールをよこしたって話よね？」

「そうです。消防署員は、人形じゃないんじゃないかと思ったようで」

「やっぱり」

と、清花は土井を見た。土井はスマホに訴える。

「それなのに、返町は情報を一切与えてくれなかったんだよ。先入観なしに見てきて欲しいと言ってさ」

そうだったんですね、と勇は言った。

「消防署のメールでは、人形に爪があってギョッとしたって。つまりは、暗に本物の人間じゃないかと疑っていたってことですよね？　それで俺も色々調べてみたんです。遺体を保存する方法としては、ミイラ、エンバーミング、プラスティネーション、あと剝製《はくせい》……くらいだったかな？　けっこういろいろあったんですよ。でも、ミイラは見た目が変わってしまうので除外して、蔵の中に放置されているってことだったから、エンバーミングも違うだろうと」

「どうして違うの」

「エンバーミングは難しいんです。死後百年近く経つソビエトのレーニンとか。瑞々《みずみず》しさはあるけど、それを維持するためには温度や湿度を管理して皮膚に発生するカビを定期的に取り除き、グリセリンなどの薬品を入れたプールに一ヶ月も浸《つ》けるのを二年ごとに繰り返すとか……蔵に放置で花嫁衣装なんか着せてる場合じゃないですもんね」

土井は複雑な表情で首を左右に振っている。

「丸山くんはすぐに本物のご遺体じゃないかと疑ったわけ？」

「すぐじゃないけど、人形ならうちの出番じゃないですし、そういうことが本当に可能か調べてみただけなんですけど、送られてきたサンプルは人間の皮膚だったわけで、正直なところはビックリでした。あ、そういえばお嫁さんたちの皮膚ですけれど、一番古いもので七十年以上は経っているらしいですよ……黒い打掛の人だったかな。ドレスを着ている人たちが比較的新しくて十年から十五年程度だそうで」

勇はすでに『人形』とは呼ばない。当然だと清花は思う。土井は話を戻した。

「プラスティネーションはぼくも考えたけど、実物は違う感じなんだよ。皮膚感が違う。樹脂ではないんだ」

「残るは剝製か、特殊な方法で作ったミイラですよね」

「特殊なミイラってどんなのよ？」

「製造方法は謎なんですけど、調べたところ二例ほどみつかりました」

と、勇は言った。

「ひとつは都市伝説みたいな話ですけど、メキシコの衣料品店に飾られているマネキン人形がミイラを土台に作られているって話です。このマネキンは手に爪や皺《しわ》があって、人間のものに見えるらしいです。もう一つは有名な話で、イタリア・シチリア島のフランシスコ修道院の地下墓地に眠る二歳の少女ですね。世界で一番美しいミイラと言われる……当時の一流剝製師アルフレッド・サラフィアの手によるもので、詳しい処理の仕方は謎ですが、百年以上経った今でも眠っているように見えるとか」

二歳の少女を剝製に……それが桃香だったらと思うと、清花は自分の内臓がえぐり出されるような痛みを感じた。娘の死を想像すると足下が崩れ落ちていくかのようで、清花は知らず口を覆った。

「それで？　冷凍遺体とどうつながるのかい？」

「遺体の保存方法ってどのくらいあるのか調べていたとき、あとは『冷凍』かなぁって……もしも花嫁がホンモノだったら？　で、ざっと県内の行方不明者に照らしてみたけれど、何十年遡《さかのぼ》っても該当者は出てこない。じゃあ最初から死体だったらどうなのかなって――」

土井と清花は顔を見合わせた。

「――その場合、保管はどうしていたんだろう？　冷凍だよなーと思って、青森県内で大型冷凍庫を購入した個人を調べたんです」

「なー、るー、ほー、どー」と、土井が言う。

「ところが大型冷凍庫はかなり売れていて、全然ダメでした。で、冷凍遺体で調べていたら、息子の遺体を半年間も冷凍保存していた夫婦の事件がヒットして、俺は鳥肌立ちましたけどね。花嫁の件とは関係ないとしても、保存してたってところは同じかなと」

「そうよ。そこよ。それはどういう事件だったの？」

「事件と言っていいのかどうか……遺体は二十二歳の男性で、もとは王余魚沢《かれいざわ》にあった旧家の四男だそうです。生まれつき体が弱くって、事件性はなく病死です。発覚は善意の第三者からの通報で、『あの家には息子の遺体がまだある』と。きちんと葬儀も行われ、埋葬許可も取ってましたが、家墓に入れずに冷凍保存されていたんです」

「なんのために？」

「調書によれば、生まれてからずっと病床にあった息子を荼毘《だび》に付すのが忍びなかったということですが、それだけじゃなく……」

勇はもったいぶって声を潜めた。

「ご遺体はミイラみたいに布でグルグル巻きにされていたんですよ」

「……やだもう……本当？」

「ほんとうです。冷凍庫を開けた捜査員も、一瞬エジプトのミイラと思ったそうで」

「なんのためにグルグル巻き？」

訊《き》きながら土井は視線を泳がせて、何か考えているようだった。

「オリーブオイルと酒で薄めたワセリンを塗って、布で巻いてあったらしいです。さっき青森南署で捜査資料を見せてもらったんですが、二十二歳というけど、小柄で痩《や》せていて、確かにミイラのようでした。ただ、布を外した状態の写真は生きているかと思うほど……生々しくて、とても半年経ったようには思えませんでした」

すごくないですか？　と勇は言って鼻を鳴らした。

旧家の男性で二十二歳……布でグルグル巻きにして冷凍？　ある閃《ひらめ》きに襲われて、清花は心臓がバクバクしてきた。めあわせるために墓から死体を盗む話が脳裏をよぎる。蔵の花嫁たちも売買目的で人形にされていたなんてことは……。

「その男性は未婚だったのよね？」

訊くと勇は、

「たぶんそうだと思いますけど」

と、軽く答えた。

「これから当該家族に会って、そのへんの話を聞いてくるので」

「大丈夫なの？　その家族」

清花は訊いた。

「大丈夫って、何が、ですか？」

「何って言われても困るけど」

口ごもると、勇は「うへへ」と笑い飛ばした。

「なんか、俺のこと心配してくれてるんですかね？」

「自分でもよくわからないのよ。ただ、息子を冷凍するなんて……」

家族の心理を考えてみる。どんな事情だったにせよ、他人から掘り下げられたくはないはずだ。私だったら耐えられない。もしも桃香を喪《うしな》って、赤の他人が興味本位で喪った事実を説得したり、解説したりしたならば、私だったら耐えられない。自分のなにか真っ黒でドロドロとしたものを突きつけられて、他人から『こうじゃないか』と言われることは耐えがたい。

「……まともな精神状態じゃなかったのかもしれないし……配慮してあげて、そのあたりのこと」

気をつけます、と、笑顔を作った声で勇は言った。

「勇くんのほうはいつ頃終わりそう？」

続いて土井が訊《たず》ねると、

「たぶん今日の夕方には」

と、勇は答えた。

「土井さんたちも青森市にいるんですよね？　聞き込みが終わったらレンタカーにガソリン入れて青森空港へ返しに行くんで、そこで拾ってもらえませんか」

「いいけど、ソロテント持ってきた？」

こんな寒さでテントとか鬼っすね、と文句を言いつつ、

「持ってきました」

と、サバサバ答える。

勇が連絡をくれたら青森空港まで迎えに行くことにして、通信を切った。

地域潜入捜査班の仕事は、犯人を逮捕して犯行動機をつまびらかにする刑事の仕事とは違う。けれど、若い女性の体を弄《もてあそ》んだヤツの罪は誰かが公にするべきだと思う。清花が知る殺人犯は身勝手な理由で罪を犯した者ばかりだった。聴取をすると声高に自分の主張を訴えた。被害者の事情ではなく自分の主張だ、いつだってそうだ。冷凍息子も、花嫁たちも、考慮すべきはやったほうでなくてやられたほうの気持ちであるべきだ。許せない。隠したままなんかにするものですか。梅味のグミを二粒食べた。

「ではこれからどうします？　蔵から人形を出すのなら、丸山くんも一緒のほうがい

いですもんね」

「そうだね」

入館証を返してもなかなか駐車場を出て行かないキャンピングカーを、守衛が不思議そうに覗《のぞ》き見ている。土井はそれに気が付いて、片手を挙げるとエンジンを掛けた。

またも入電の音がしたので、今度はブルートゥースに切り替えた。

「返町ですが」

と、声がした。

「お疲れ様です。運転中なので鳴瀬くんが話を聞きます」

土井はハンドルを切り返し、これ見よがしに守衛室の前までバックしてから、駐車場を出て行った。

「お疲れ様です。鳴瀬です」

清花が言うと、返町は、

「おう。どうだ？　もうそっちには慣れただろうな？」

と、訊いた。

「まだですよ。全然勝手が違うんですから」

チラリと土井の顔を見て、

「でも、まあ、なんとか元気にやってます」

と、明るく答えた。返町は笑い、すぐ本題に入った。

「神月清見について調べたが、死亡届は出ていない」

清花と土井は視線を交わした。返町の話は続く。

「神月清見は神月竜之介《りゅうのすけ》とキヨの長女で四人目の子供だ。上に三人男子がいるが、病気や事故で亡くなっている。戸籍上は神月家最後の直系で、一九五九年の十二月に十六歳で二十五歳の柴田鼎と結婚している。生きているなら現在七十九歳。鼎は八十八歳だ。二人の間に子供はいない。清見の医療記録を調べると、神月家が当時所有していた病院に残されていた分で肺結核を患っていたらしいことがわかった。ただし一九五九年以降の記録は皆無なんだな、これが」

清花は計算して言った。

「結婚してから消息不明……肖像画が描かれて四年後ですね」

「そうだ。現住所は燃えた屋敷になっている。しかし、焼け跡から出た遺体はひとつで、家守《いえもり》夫婦も母屋には神月鼎が一人で暮らしていたと証言している」

「人形の写真をご覧になりましたか？」

「見たよ」

と、返町は短く言った。

「作業場というか、蔵の奥にあった部屋の写真も？」

「そっちも見たよ」

清花は訊いた。

「返町課長はどう思っておられるんですか？」

ほんの少し間を置いてから、返町が言う。

「欲しいのは真相で、憶測ではないからなあ」

では、頑張ってくれたまえと言って、彼は電話を切ってしまった。

「なんなのよ。感想を聞いただけじゃない、答えてくれたっていいでしょう」

清花はまたもポケットからグミを出し、梅とレモンを口に投じた。

珍しくも土井が振り向いて、

「同じのをぼくも」

と、手を出した。清花はその手に『腹が立ったときの組み合わせ味』を、二組分も載せてやった。

第六章　西陣織金彩貝螺鈿牡丹鶴文様色打掛《にしじんおりきんさいかいらでんぼたんつるもんよういろうちかけ》

勇が冷凍遺体の家族を聴取に行くなら、こちらはオンライン窓口に連絡をくれた消防署員から話を聞こうということで、二人は市街地の菓子屋に寄って消防署へ土産に持って行く菓子を選んだ。なるべく駐車場の広い店を探していると、ポツポツと雨が降り出した。大型店の駐車場に車を止めて店舗内に出店している菓子店を探す。消防署員は若手が多いので、和菓子ではなく洋菓子にした。

「こんなことなら『東京ばな奈』をもっと買ってくるんだったなあ」

と、土井が言う。佐藤教授への手土産すらも、いまさら調達したわけだ。小雨の中を走って駐車場まで戻り、自分より菓子を先に車に載せて、清花は言った。

「そうですね。地元のお菓子だと、何が人気かわかりませんものね」

「まあね、なんでもいいのかもしれないけれど、やっぱり有名どころを押さえておきたいもんな」

「それか、有名じゃなくても自分が食べて美味《おい》しいと思う品ですね。私はそっちの方が嬉《うれ》しいけれど」

「じゃあグミじゃん」

と、土井は笑った。朝来た道を再び戻り、横濱西駐在所からそう遠くない消防署へと向かう。署に着くと、今度は土井が消防署長に挨拶《あいさつ》して、土産の菓子を手渡した。警察庁の返町課長に依頼されて人形の調査に来たと告げ、オンライン窓口へのアクセスが無駄ではなかったことを知らせた。当日火災現場へ入った隊員から話を聞きたいと伝えると、署長は時間が取れる者を一人呼び出してくれた。

署内の食堂に場所を変えるため、消防署員と一緒に署長室を出る。

「ホントに調べてくれているんですね――」

河合《かわい》という若い隊員は、頬を紅潮させてそう言った。

「――こちらです。どうぞ」

キビキビと食堂のドアを開け、土井と清花を先に通した。いつ出動要請が掛かるかわからないので動きも素早い。シンプルなテーブルにシンプルな椅子を並べた食堂は利用者もなくガランとしていたが、炊き出しの準備が進んでいるのか、チャーハンのいい匂いがしていた。

「河合さんがメールをくださったご本人ですか？」

清花が訊《き》くと、河合は照れたようにうつむいて、

「いや、ぼくというわけじゃありません」

と、言った。

「アレはヤバいよって警察の人とも話したんですが、捜査対象にするのは難しいということで、現場へ入った仲間の一人がオンライン窓口にメールしたんです」

「そうだったんですね」

「まさか本当に調べてくれるとは思いませんでした」

「調べただけになってしまうかもしれません」

土井が言うと、「それでもいいです」と、彼は答えた。

「それで？　どういう人形かわかったんですか？」

あれは本物かと暗に訊く。

「まだです。まだわかりません。でも、野辺地署の協力も頂いていますので、報告できる段階になったらお知らせします」

「お願いします」

と、河合は頭を下げた。仕草も態度も清々《すがすが》しい。清花の横から土井が、

「ところで、神月家の火災について、ちょっとお話を伺ってもよろしいですか？」

そう訊《たず》ねると、河合はキョトンと顔を上げ、

「いいですけど」

と、小さく答えた。土井はいつもの情けない笑顔を作る。

「灯油を被《かぶ》って自分に火をつけるなんて、実際にそんなことができるものですか」

「ああ、それは……」

と、彼は痛々しげに目を瞑《つぶ》り、

「実際は、けっこうありますが」

と、答えた。

「そうなんですか」

清花が思わず声を上げると、河合は清花を見て言った。

「ものすごい恨みがあったとか、心の病気があったとか、理由は様々だと思いますけど、焼身自殺自体はあります」

「今回亡くなった方にも、そういう前兆みたいなものがあったんですかねえ」

土井は静かな声で訊き、

「火災現場を見た感じとして、どうですか」

と、付け足した。河合はふっと宙を見て、それからわずかに首を傾げた。

「なにか？」

と、清花も問いかける。若い消防隊員は考えながらこう言った。

「焼身自殺はですね……」

考えをまとめるように口ごもり、やがて顔を上げて前のめりになる。テーブルに肘《ひじ》を載せ、握った拳《こぶし》を清花と土井のほうへ伸ばした。二人も思わず前に出る。

「言われてみれば、ですけども……焼身自殺は、燃える範囲が比較的狭いです」

「はあ」

「ん……と、だから、自分に燃料かけますよね？　で、火をつけたらその周辺だけが燃えるわけです」

「母屋を全焼させたりするのは珍しいということですか？」

「苦し紛れに走ったり暴れたりして、火が広がったのでは？」

土井と清花が次々に問うと、河合は眉根《まゆね》を寄せながら、

「ガソリンじゃなくて灯油だったからすぐは死ねなかったと思うけど……でもなあ……」

「なにか気になることが?」

「いやあ……うん」

と、河合は言って腕組みをした。

「火事で亡くなる仏さんって、ほとんどが煙を吸って死ぬんです。するとご遺体は丸くなる。あの家の仏さんはもうちょっとあれでしたけど……言われてみれば建物の燃え方が変ですね。全体がくまなく燃えたわけですから、少なくとも建物の何カ所かに火をつけていたはずなんです」

「先に建物に火をつけて、それから灯油を被ったんでしょうか」

「そうだとぼくらも思ってますけど、でもなあ」

河合は首を傾げて言った。

「ご遺体は裏口で見つかったんです。家も自分も燃やす気だったら、建物の四隅に点火して、座敷で死ぬとかでもいいわけで、その方が自然だと思うんだけど」

「やってみたけど熱さに耐えきれずに逃げ出したとか?」

「その可能性もありますね。だけど、母屋で最も燃えていたのが一番奥の部屋なんです。鼎さんの様子をよく見に行っていた駐在さんの話では、そこは納戸で、燃えるような物はなかったはずだと」

「撒《ま》いた残りを納戸に戻しておいたのかしら、だからそこだけよく燃えた？」

自分で言いながら間抜けな考えだと清花は思った。灯油を残すくらいなら、自分自身が被ったはずだ。

「結局、詳細は不明ということですか」

土井が言うと、

「不審火じゃないですからねえ」

と、河合も言った。土井は話の方向を変えた。

「じゃ、人形は持ち主がいなくなったということか……家守《いえもり》のご夫妻も故郷に帰る準備中だということですもんね？」

「ああ、家守の人はこっちの出身じゃなかったんですね。どうりで訛《なま》りがなかったもんなあ」

「神月家に来て五年ほどだそうですよ。ところで、さっきの話で言うと、焼身自殺だということとは、どうしてわかったんですか」

土井が訊ねた。

「家守夫婦の証言と、あと燃え方です。火災事故としては燃え方が不自然だったし、遺体から灯油の成分も出ていましたし」

「三浦夫妻はどう証言されたんですか?」

「少し前から様子が変で、予兆があったと。気をつけていたけど火の回りが速くて、手がつけられなかったと言っていました。夜中でしたし」

「様子が変?」

と訊いてから、土井は情けなくヘラリと笑った。

「いや、すみません。興味が先走ってしまって」

河合は気にするふうもなく、

「ぼくも、警察の聴取に応じているのを近くで聞いていただけなんですけど、家守の夫婦の話では、火事の数日前に退職金だと言って、鼎さんから突然百万円を渡されたそうです。自分はもう長くないから雇い止めにさせて欲しいと。そのときにはもう、ああするつもりでいたのかもしれないですね」

清花は土井と顔を見合わせた。三浦夫婦は鼎に借金があってあそこへ来たと聞いている。だから関係があまりよくなく、道連れにする気だったのかと思ったが、実際は逆だったのだろうか。

「でも、火事のとき三浦さんたちはまだ屋敷にいらしたじゃないですか。雇い止めになったのに残っておられたんでしょうか」

河合は首の後ろを掻《か》きながら、

「高齢の鼎さん独り残して、はいそうですかと出ては行けなかったんじゃないですか。鼎さんの具合が悪いのは、うちもわかってたんですよ。ほら、救急車を要請されるとうちの署から出向くので。付き添うのがいつも家守さんで、三人ともうちの隊員と顔見知りです。鼎さんは義理堅い人で、救急車を要請すると、退院してから必ず家守さんをお礼に来させていたんです。仕事だからそういうのは必要ないんですけど、助かりましたと言われると、やっぱり嬉《うれ》しいじゃないですか。というか、地域に住んで、病気があって、頻繁に救急要請してくる人は、こっちも大体わかっています。病院と連携もとっていますし……だから自殺はショックだったです」

清花は黙って頷《うなず》いた。

「家守さんは最期まで看取《みと》るつもりだったんだと思いますよ、実際にそうなってしまったわけだけど」

「あと、河合さん。変なことを訊《き》きますが、あのお家《うち》に小さい子供さんはいませんでしたか？」

「え？　いいえ」

と、河合は眉をひそめて即答した。周囲を窺《うかが》うようにして、

「どうしてですか？」

と、声を潜める。

「いえ……どうしてというか……一昨日《おととい》、調査に行ったとき、子供を見たような気がしたので」

「それってまさか着物の子ですか？」

「はい、そうです──」

と、言いながら、清花は腕に鳥肌が立った。

「──やっぱり、いるんですか？」

「いや……ええと……」

河合は引きつった笑顔を作った。

「座敷童《ざしきわらし》だと思います」

「は？」

河合はいたずらを見とがめられたような顔をしている。

「あの家はお金持ちなので、本家が潰《つぶ》れたときに座敷童も向こうへついて行ったんだろうと、そんな話をしています。まあ、普通の人は嗤《わら》いますよね……でも、実際に、あそこで子供を見たって話があって……絶対に子供はいないんですけど、蔵のあたりによく出るとかで、うちの隊員も何人か見ています」

「蔵のあたり……鳴瀬くんもそんなこと言っていなかったっけ？」

「はい。私も土蔵近くの井戸のあたりに立っているのを」

「うわ……マジかぁ」

と、怖そうに河合は言った。

「黒地の着物に赤い志古貴《しごき》を締めていました」

「着物は色々替わるんですよ。青い着物のときもあれば、赤いちゃんちゃんこを着ていることも……ほんとうは座敷童なんかじゃなくて、むかし屋敷に住んでたお目掛けさんの子だとか、井戸に落ちて死んだ子だとか……まあ、そのほうが信憑性《しんぴょうせい》があるのかもしれないけれど、うちの隊員が見たときも、やっぱり黒い着物に赤いヒモみたいなヤツだったのかな？　土蔵の石段に座って鞠《まり》遊びをしていたと」

「鞠……あっ」

と、清花は口元を押さえて土井を見た。

「土蔵の二階に鞠がありましたよね。あと、子供用の絵本や玩具《おもちゃ》も」

「嘘でしょ、やだな、やめてくださいよ――」

河合は両手をブルブル振って、

「——土蔵の二階は見てないけども……まさか花嫁人形も、鼎さんが座敷童にお供えしていた……というのは変ですもんね。大きすぎるし」

気味悪そうに顔をしかめた。

それ以上話はなさそうだったので、土井と清花は礼を言い、消防署を出て車に戻った。移動するために車の内部を確認すると、集中スイッチパネルで赤いランプが点滅している。本部から連絡が来たらしい。

消防署の駐車場から土井が車を出す間に、清花はブースに移動して通信機器を立ち上げた。万羽福子が画像データを送ってきてくれていた。移動中は通信しないので、受信したデータをプリントアウトし、確認するため助手席へ持って行くことにした。

新聞記事をスキャンしたものが一枚。博物館の展示物の写真が一枚。あとは卒業式の白黒写真で、柴田鼎と名前が印字されていた。

「万羽さんが資料を送ってくれました」

ゆっくり動き始めた車の中でブースを出ると、清花は前方・後方を確認した。対向車も後続車もいなかったので、背もたれを跨《また》いで助手席に座った。

「おてんばだなあ」

と、土井が言う。

「運転席をベンチシートにしたのは設計ミスですね。真ん中に通路を切れば移動が楽になっていいのに」

「家族で旅行したときは、親子で並んで座りたかったんだから仕方がないよ」

土井がそう答えるのを聞いて、清花はギュッと自分の口をつねりたくなった。

もともと土井がこの車を買ったのは、余命短い奥さんを連れて家族で旅するためだった。その当時、息子さんがまだ五歳、娘さんは三歳だったと聞いている。バリバリのキャリアで、家庭の一切を奥さんに任せきりだった土井は、彼女の病気を知って仕事を休み、中古のキャンピングカーを買って旅に出た。今は二段ベッドと通信ブースになっているスペースに大きな固定ベッドがあって、奥さんはたくさん薬を飲みながら、しんどくなると横になって移動した。

妻の行きたいところへ行って、見られる限りの景色を家族で楽しんだ。夢のような日々だったと土井は言う。奥さんが亡くなって旅は終わり、彼は閑職に異動して子供を育てた。この車は、ドアの内側や座席の隙間や、ちょっとしたところに落書きがある。当時、子供たちが覚えたての文字で懸命に思い出を記した跡だ。

自分が座るこの席が土井の奥さんの場所だったことを、清花は初めて意識した。ベンチシートに座る夫婦の間に二人の子供がいたことも。

「すみません……私ったら……」

清花は梅のグミだけを、数粒まとめて口に入れた。ホントに自分がイヤになる。常に自分を正しく思い、被疑者をやり込めることしか考えてこなかったからこうなる。だから自分はダメなんだ。刑事としてだけではなくて、人として思いやりが足りてないんだ。唇を噛《か》んで酸っぱさに耐えていると、土井がまともにこちらを向いて、

「なに？　反省してるの？　わかりやすい人だなあ」

と苦笑した。いや、笑い事じゃないんだってば。私は、もう、本当に……。

自己嫌悪は最も辛《つら》い感情だ。コンプレックスは自分自身を苛《さいな》むから、桃香には極力フラットな感覚を持たせてあげたいけれども、母親がこれではどうしようもない。清花はグミを噛みしめながら、福子のプリントに意識を逸《そ》らした。

「一枚は、三浦夫妻の店舗が火事になったときの新聞記事です。これが家守夫婦と考えてもいいんでしょうか」

それは地方紙の片隅に載った、ほんの小さな記事だった。

火災が起きたのは五年前。平日の午後八時過ぎ。三浦呉服店（店主・三浦成義さん四七）の二階で火事があり、自宅兼店舗が半焼、この火事で娘の寿々乃《すずの》ちゃん六歳が死亡した。父親は商店街の会合に、母親は小学校の説明会に出ていて留守だった。火

事の原因は寿々乃ちゃんの火遊びで、体にまとって遊んでいた化繊の着物にキャンドルの火が燃え移ったためとある。他県の灯明祭りでも、化繊の浴衣《ゆかた》を着た女児が風で消えそうになったロウソクの火を守ろうとして袂《たもと》に引火、亡くなる事故が起きたばかりだとも書かれていた。

　新聞記事には寿々乃ちゃんの写真が載せられている。桃香と同じ歳の少女は黒髪でおかっぱ頭の、目がくりくりとしたかわいい子だった。

「どうだろう。三浦夫妻は鼎さんからの借金で火事の補償をしたんだろうか」

と、土井が言う。そうなのだろうか。でも、店舗には多額の保険がかけられていたはずだ。それでも周辺店舗への補償金には足りなかったということだろうか。

　雨は次第に強くなり、フロントグラスを流れ始めた。勇を迎えに行くため車は青森市へと向かっている。

「もしも鼎さんが人形を作ったとして、その場合は呉服の卸をしていた三浦夫妻とつながりがあっても不思議じゃないですよね」

「夫妻の店から花嫁衣装を買ってたってこと？――」

　清花のほうへ頭を傾けて土井が訊《き》く。

「――でも万羽さんの話では、かなり古い打掛も交じっているってことだったよね」

「手が込んでいて高価なら、新品でなくても売れるんじゃないですか？　三浦さんの店ではそういう品も扱っていたとか」

「どうかな……まあ、そうかー……」

と、土井が言う。

「他人の花嫁衣装ってどうなのかなと思ったけど、レンタルだって同じだもんね。むしろ年代物は価値がある……鼎さんは人形に着せる衣装を三浦夫妻から買っていた……あり得るのかも」

「その場合、人形のことを知らなかったという夫妻の証言に矛盾が出ませんか？」

「たしかにね」

土井は真顔で呟《つぶや》いた。

「三浦夫妻がどの程度屋敷の仕事をしていたのかがミソですね。土蔵は開けなかったとしても、何も知らなかったというのはどうなんでしょう」

「本人たちから話を聞くしかないってことか」

清花は別のプリントを見た。博物館の展示写真と思っていたが、よく見れば、それは打掛の図柄を描いたものだった。鶴と牡丹《ぼたん》の柄である。線描きだけで色はない。しかし、図柄に見覚えがあるような気がした。

プリントを見て黙り込んだ清花に土井が訊く。

「他にはなにか？」

「はい……これですが……これというのは万羽さんが送ってくれた写真ですけど、これ、打掛の下絵のようで……」

花嫁人形の衣装が脳裏を駆ける。鶴は吉祥文様だから多くの打掛に使われていたけれど、牡丹は……思い出そうとして額を強くこすったときにひらめいた。頭の中で線だけの下絵に色が載り、金彩と螺鈿《らでん》が輝いたのだ。

「思い出した。あの柄だ」

神月清見とおぼしき人形が着ていた打掛だと言おうとしたとき、写真の脇に、あまりに几帳面《きちょうめん》で小さな文字が添えられているのに気がついた。博物館の説明文だと思っていたのに、それは福子のメモだった。

——京都西陣の打掛専門店が西陣織博物館に寄贈した色打掛の下絵原画。写真だとキャプションが読めないので、博物館から文面を入手してメモしておきます。

『色打掛・西陣織金彩貝螺鈿牡丹鶴文様（原画）・明治期』

夜光貝などを薄く加工して糸のように織り込む技法で作られた婚礼衣装、色打掛の原画。青森の富豪神月家の依頼で織り上げられたと伝わる。提供：言祝《ことほ》ぎ堂——

ゾクゾクゾクッと鳥肌が立った。

「打掛を購入した家のひとつがわかりました。やはり人形の一体は神月清見です」

「鼎さんの奥さんの？」

と、土井が振り向く。清花はプリントをチラリと見せて、あの人形が着ていた色打掛が明治期に神月家の注文で作られた品だと説明した。別のプリントは柴田鼎の写真である。東京大学の医学部に名簿や写真が残されていたようだ。

「神月清見は若いうちに死亡していたということですか？　どうして？」

言いながらグミのケースを開ける。どんな組み合わせも頭に浮かばず、果汁グミの隙間で食べ残されていたコーラを選んだ。薬膳酒《やくぜん》のような味がした。

「神月鼎が殺したんでしょうか。殺して彼女を人形に？」

「どうして？　理由は？」

「それは……」

と、清花は口ごもる。二人は結婚していたのだから、その後に妻を殺したとして、殺した相手に花嫁衣装なんか着せるだろうか。

土井は静かに考えている。大きな目で前を見たまま、全くの無表情だ。忙《せわ》しなくワイパーが動いて、雨の町が灰色に煙る。車内は少し冷えてきて、外の湿気を感じ始めた。やがて土井は静かに言った。

「もしかして、逆じゃないのかな……結婚してすぐ亡くなってしまったか……結婚したとき、すでに亡くなっていたか……」

ゾッとした。死者と生者の冥婚《めいこん》が日本でもあったとするのなら、神月家の血筋を守るために清見は結婚しなければならず、そのために鼎が婿に選ばれた？

「でも、死んだら子供は産めません。鼎さんが後妻をもらわなければ神月家は絶えます。それに、再婚して子供ができても、それは神月家の血筋じゃないですよ」

「両養子という考え方もある。跡取りのない家を存続させるため、血縁のない男女を結婚させて、養子に迎えて家を残した。血筋だけを重んじていたわけでもないんだ。でも、神月鼎は再婚してないし、清見の死亡届も出ていない」

「いったいどういうことかしら……」

ワイパーがどんなに動いても、雨は次々にウインドウを濡《ぬ》らす。すれ違うトラックが水を跳ね上げ、飛沫《しぶき》の音が車体に響く。

「血筋だけで言うなら、どう転んでも清見の代で神月家は終わりだ。それでも、少しでも長く家を続けなきゃならない理由があった……とか？」

「娘を剝製《はくせい》にしてまで、ですか？」

色打掛は明治期に発注されたものだった。清見のためにあつらえた品ではなくて、神月家に伝わるものだろう。それを清見に着せたとき、あれを着るのは清見で最後と、神月家の人たちは思っていたのか。清花はハッと閃《ひらめ》いた。

「ちょっと待ってください。そういえば、もう一着、百年以上前の打掛がありましたよね？　黒地に金の吉祥文様で家紋の入った……あれは東北の南部氏のものじゃないかと万羽さんが」

「勇くんも言ってたな……一番古い皮膚は七十年ほど前の人のものだと」

「おかしくないですか？　七十年前なら鼎はまだ高校生で……人形なんか作れますか？」

「たしかにそうだ」

土井はこめかみに指を置き、「まさか」と、清花は呟いた。

「もしかして……神月家は昔から人形の花嫁を作っていたんじゃないですか？」

「なんのために？」

「いえ、わかりませんけど……公には一切しないで、ごく狭い世界でのみ知られている風習のような……ものが――」

清花は思わず口を覆った。

「――人形婚」

そうか。と、土井も頷《うなず》いた。

「その後継者として鼎に白羽の矢を立てたってことかな？　信用できる人柄で医学的知識と技術を持ち、集落で育って土地の事情に明るく、神月家のことを秘密にできる人物とかね。だから神月家がパトロンになって援助をし、技術も伝えた」

「学費も住まいもすべて用意していたと、木村巡査のお父さんも言ってましたね。あと、鼎氏は山にこもって、本宅がなくなった後も土地を出なかったって。村中が神月家を知っているのに、清見の生死を知らなかったというのも妙な話です。でも、一族の秘密を知っていたなら説明が付きます。もしかして、清見を剝製にできることが結婚の条件だったとか……考えすぎでしょうか」

土井は大きな目で清花を見ると、そうだとも、違うともとれる頷き方をした。バラバラだったパズルのピースが、カチカチカチッとはまっていく感覚がある。

清花はもうひとつのことも考えていた。鼎はどんな思いで清見と結婚したのだろうということだ。彼女は肺結核を患っていたと返町は言った。結婚したとき清見は生きていたのか、それとも鼎は剝製になった清見と結婚したのか。彼女を剝製にしたのは神月家の親たちか、鼎自身か。彼は彼女を愛していたのか。それでは他の花嫁たちは？　凋落《ちょうらく》した本宅からあちらへ移されたものなのか。蔵は昭和の建造だと土井は言ったが、鼎が代を継いだとき、工房を山に移したのだろうか。

すべて憶測で証拠がない。鼎は死んで、一族の秘密も燃えた。

私たちの憶測は、フロントグラスを流れ落ちていく雨のようにかたちを成さないものでしかない。清花は福子が送ってくれた若い鼎の写真を見つめた。

医学生の柴田鼎は、末成《うらな》り顔で華奢《きゃしゃ》な印象の、眼だけが鋭い青年だった。

かび臭い閉鎖空間に一陣の風が舞い込むように、重苦しい空気を一瞬で変えてしまうタイプの人がいる。地域潜入班でその役割を担っているのが丸山勇だろうと清花は思う。厳しい冬が間近に迫る十一月の中旬で、雨がみぞれに変わろうと、夕暮れが迫っていようと関係ない。青森空港の駐車場で待っていると、大きなバックパックをひとつ担いで、黒くて長いコートの裾《すそ》をひらひらさせながら、丸山勇がやって来た。和太鼓が趣味のこの青年は三度の飯より祭りが好きで、おかず程度に蝶《ちょう》や甲虫も好きなのだという。リアドアのロックを解除しておくと慣れた調子で後ろに乗り込み、ベンチシートにバックパックを放ってドアをロックし、脱いだ靴を片付けた。

「ありがとうございます」

と、運転席の土井に言い、助手席の清花には、

「お疲れ様です」

と、微笑んだ。コートを脱ぐときゴソゴソとポケットをかき回し、「はいこれ」と、清花の前に何かを出した。青森限定二種類のリンゴグミだった。

「青森県産リンゴ果汁使用。赤いのが世界一《せかいいち》で青いのが王林《おうりん》」

「うそ、買ってきてくれたの？」

「空港の売店にあったんです。清花さんグミ好きだから」

「うう……かわいいことをしてくれるじゃない……」

清花は「ありがとう」と、受け取った。

「超激レアな『幼虫グミ』もあったんですけど、よっぽど自制してやめました」

「幼虫グミ？」と、土井が訊《き》く。

「大きさも色もかたちも、たぶん手触りも、まんま幼虫のグミですよ。蚕蛾とかアゲハとかカブトムシとか……お土産の一番人気と書いてあったけど、清花さんに殴られ

そうだから」

「正解。そうでなくとも我が家はいま、娘のドングリ虫ブームに戦々恐々としてるんだから」

脱いだコートを畳んでから、座席に着いて勇は訊いた。

「え、ドングリ虫飼ってるんですか？」

振り返って清花が答える。

「そうなのよ。娘とドングリ拾いにいって、でも私、虫がいるって知らなくて……虫が出るのよって『ばあば』が言ったら、娘が『見たい！』って……ちょうど音楽会の練習で『チビッコあお虫のうた』をやってるからなの」

「ドングリ虫はかわいいっすよ？　小さくて丸くて鼻が長くて、脚が細くて短くて、マジ絵本に出てくるような」

「うそよ、白くて丸いイモムシなんでしょ」

「幼虫のときだけっすよ」

と、勇は笑った。

「まだ自分が何者かわかっていない子供の頃です。長い時間をかけて成長して、やがて空を飛ぶんです。すごくないですか？」

「虫の気持ちはわからないわ」

「動いていいかい？」

と、土井が訊き、車は静かに発進した。清花も座り直して前を向き、運転席から見えにくい後方などを確認する。空港の駐車場を出るときに勇が言った。

「あいにくの雨だし、ぼくは床でいいですからね――」

今夜の寝場所のことを言っているのだ。

「――まさか雨の中でテント張らせませんよね？　土井さん」

土井は「ははは」と、小さく笑った。

「今夜は浅虫《あさむし》温泉に泊まろう。狭い道の駅だから、心配しなくてもテントを張れるような場所なんかないよ。そもそも道の駅でテントは張れない」

「温泉ですか、いいっすねえ」

観光旅行に来たかのようにはしゃいでいる。

「ところで、そっちはどうだった？」

すかさず土井が勇に訊いた。

青森に来てからずっと、陸奥湾の周りをグルグルと移動しているような気がする。

土井の車は市街地を抜け、国道四号線を北上していく。つるべ落としに太陽は沈み、フロントグラスの雨粒が対向車のライトでキラキラ光る。勇が姿勢を正すのがバックミラーに映って見えた。

「ご両親が、正直、もっとご高齢だと思っていたので驚きました。もっと、こう……」

勇は口ごもったが、清花は彼が抱いた先入観がわかる気がした。迷信に取り憑《つ》かれ、亡骸《なきがら》を茶毘《だび》に付せずにいたとするなら。

「話はできたの？」

と、土井が訊く。

「全くダメでした。とりつく島がないというか、普通の会話はしてくれるんですけど、『そのこと』になると口をつぐんでしまうんですよ」

「結局、ご遺体はどうなったわけ？」

清花も訊いた。ドクンドクンと心臓が鳴る。

「火葬して埋葬したみたいです。仏間を見たら果物やら花やらお菓子やらがあふれるくらいに供えてあって、なんかジーンときちゃいましたけど」

でも、と勇は顔を上げ、

「行った成果はありました。実はですね」

件《くだん》の家族から話を聞くきっかけとして、勇はこう訊いたのだという。

「ものすごく立派なお宅ですけど、青森は名家が多いですね。太宰治の津島《つしま》家や北前船をやっていた神月家とも交流があったんですか？　って」

清花の心臓がバクンと跳ねた。

「なんて言ってた？」

「いえ、何も」

と、勇は苦笑する。

「でも顔色が明らかに変わったんです。そもそも豪商同士は商売のつながりがあったはずなので、『知らない』は、『知っているけど話したくない』ってことだと思うんですよ。あと、それと、善意の通報者も判明しました」

両親に話を聞いて家を出て、車を止めた場所まで戻るとき、「ちょっといいですか」と、三十代くらいの男性に声をかけられたと勇は言った。雨が降ってきたのでレンタカーの中で話を聞くと、それは件の家の長男だった。

「両親は、まだなんか罪に問われるんでしょうか、と訊かれたので、お宅様のことではなくて、別件事案の参考で話を聞きに来ただけですと答えたら、すごくホッとした顔で、実は自分が通報したんだと話してくれました。あのままでは弟が浮かばれないからと」

「お兄さんも遺体のことを知っていたのね」

と、清花は言った。心臓がバクバクと跳ねているのは、非道な話を言葉にしようとしているからだ。

「私、わかったの……その息子さんは、たぶん剝製《はくせい》にするために冷凍保存されていたんだと思う」

「えっ」

と、勇は変な声を出す。清花は体をねじって振り向くと、真面目な顔で土井と勇を交互に見つめた。旧家の若い男性が死後に冷凍されていたと聞かされたときから、清花はこれについて考えていたのだ。

「神月家の花嫁人形が冥婚《めいこん》のために作られたなら、お嫁さんだけでなく、お婿さんもいるかもしれない。丸山くんの話を聞いて、ますますそう思うようになったのよ。神月家の蔵にいるのは十四体だけど、実際はもっと多くの人たちが、どこかで密《ひそ》かに祀《まつ》られているのかもしれない。中国や韓国の冥婚のように、死んだ花嫁と花婿を神月家がめあわせていたのかも。親たちは決してそうだと言わないだろうし、村の人たちも決して言わない。その家の人たちが神月家のことを知っていて、でも、知らないと答えるのは当然なんじゃないかしら」

なー、るー、ほー、どー、と、土井は呟《つぶや》いた。

「世界一美しいミイラと同じですね」

勇がポツンと言ったので、清花はさらに体をねじって後ろを向いた。

「同じって？」

勇はコクンと頷《うなず》いた。

「グルグル巻きにしたのも劣化させないためですね。うん……理屈は通るな。だって、世界一美しいミイラの製作を剝製師に依頼したのは、死んだ女の子の父親だったんですから」

清花はキュッと唇を嚙《か》んだ。最愛の妻を亡くした土井は無言のままだ。

「そういえば、ご長男が、両親は弟を埋葬する機会を完全に逸して困っていたと言っていました。自分がリークしたことで踏ん切りがつけられて、実はホッとしているんじゃないかって……まあ、これはご長男の主観で、実際は親子関係がギクシャクしているようでしたけど」

「ご遺体をどうするつもりだったのかについて、証言は得られなかったってことなのね」

「荼毘に付すのが忍びなかったと繰り返すだけでした」

「公然の秘密」

と、いきなり土井が口を開いた。

「――息子を花婿に加工して、神月家の土蔵から花嫁をもらう……あり得るなあ」

「家がめちゃくちゃデカいですしね。それ用の部屋なんかいくらでもありそうだし」

「ただ、ぼくが腑《ふ》に落ちないのはね……」

土井がチラリと振り向いた。

「なぜ十四体も蔵に残っていたかってことだよ。鼎の奥さんの清見はともかく、めあわせるにしても神月鼎が保管している必要はないだろ？」

「それなんですけど……盗まれたご遺体だったのでは？　花嫁として売るために」

土井も勇も、何とも言いがたい表情をした。

「だけど、それだと衣装の説明がつかないよ。先祖伝来の花嫁衣装を、鼎はどうやって手に入れたと思う？」

「そうね……なら……凍った男性同様に、遺族が花嫁を依頼したってことになるのかしら」

「清花さんの言うとおりなら、豪華な衣装も納得ですよ。代々家に伝わる品を遺体と一緒に持ってくる。神月家は商売でやっていただけ……辻褄《つじつま》は合う。作業場の写真も見ましたけれど、やっぱりあそこが『工房』っすよねえ」

「……ちょっと話をまとめるわ」

清花は前に向き直り、勇にもらったリンゴのグミを口に入れた。勇が手を伸ばすので袋の口をそっちへ向けると、ひとつかみも持っていって、ポップコーンみたいに食べている。呆《あき》れながらも清花は言った。

「花嫁人形は遺体で作った剝製だった。故人の死を受け入れられない遺族の依頼で神月家が加工。神月鼎があの場所に引っ込んでからは土蔵で作業がされていた」

土井は無言で頷いた。

「十四人のうち一名は神月家の娘、清見。十六歳で鼎と結婚。でも結婚してまもなく死去、もしくは結婚したときすでに死んでいた」

「冥婚っすねえ」

グミを嚙みながら勇が呟く。土井も言う。

「神月家が剝製を作っていたことは、ごく一部の人だけが知る秘密だった」

そして、「ああ、そうか」と、ハンドルを叩《たた》いた。

「ここから先はぼくの当てずっぽうな推理だけどさ。その秘密が漏れてしまったのかもね。たとえば、二人の結婚式に参列した人や、神月家を知る人たちの口から……新しい皮膚は十年から十五年前のものだと言うから、近年でも依頼はあったんだ」

「神月家の秘密についてはもはや証明できないけれど、丸山くんが見つけた家から証言が取れれば裏付けになるわ」

と、清花は言った。

「だけど、それをしてどうします？　だって、神月鼎は死んでるんですよ？」

勇が訊《き》いた。

「少なくとも親たちが何をしようとしていたかは立証できるわ」

そして清花は考えた。

「立証できて……どうなのかしら……それは罪？」

「どうなんだろうね」

土井が言い、勇が続ける。

「だけど死体損壊罪は三年以下の懲役っすよ。神月鼎はもう死んでますけど」

清花は頭を抱えてしまった。遺族の気持ちはよくわかる。わかりすぎるほどわかるのだ。けれど、でも、死者はそれを望んだろうか。

「こういうことじゃないのかなあ……人形は密かに作られ続けてきた。だけど鼎は高齢になって体も悪く、もう依頼は受けられなかった。とか」

「あ、そうか」

と、勇も手を打った。

「鼎さんに頼んだのに断られたから、遺体を冷凍したままだったんですね」

「焼身自殺の理由もそれかもな……鼎は死期を悟った。でも、人形を残していけないから屋敷に火を放って燃やそうとした。すべてを燃やして一族と依頼人の秘密を守ろうと……もしもぼくなら、娘や妻の人形を他人に預けたりは絶対しない。自宅に置いて一緒に生活するだろう……いや、剝製になんて考えないけど」

「私もそうすると思います。でも、じゃあ、どうして蔵に剝製が？」

「作ってはみたけど、怖すぎて返されたんじゃないですか」

と、勇が言った。もみあげのあたりを激しく掻《か》いて、考えをまとめながら言う。

「ご長男も言っていたけど、亡くなった当初は辛《つら》くても、日数が経てば気持ちの整理もできて現実が見えてくるってあるじゃないですか。一度は人形にして迎え入れたけど、冷静になったら怖かったとか」

「家族なのよ、怖いはずないわ。それに旧家は敷地が広くて、隠しておく場所なんてどうにでもなるって、さっき自分で言ってたじゃない」

「いや」

と、土井が手を挙げた。

「それだよ……たぶん、それかもしれない」

そして大きな目をルームミラーに向けた。

「まだ推測に過ぎないけども……アレはそれぞれ遺族の手に渡り、大切にされていたんじゃないのかな。でも、アレを守る人たちが歳を取った。勇くんが聞き込みしても何も話してくれなかったように、ああいうものはタブーとして秘されてきたはずで、依頼主以外の家族は存在すら知らなかったとも考えられる。ずっと隠してきたけれど、自分の死後に見つかってしまえば困る。そう考えた親たちが戻しに来たとか」

「あり得ますね」「なーる」

清花と勇は同時に頷く。

「じゃあ、元々は母屋にあったのかもしれないわ。土蔵の内部は片付いていたもの。人形以外なかったし、作業場も整理されて、ポンプの水も出なかった。あれは鼎が人形作りをやめていたから……私なら人形を独りになんて絶対しない。消防の河合さんも言っていたけど、母屋では納戸が最も激しく燃えたって。そこが人形の部屋だったのかもしれないわ」

「じゃ、どうして土蔵にあったんっすか？」

勇に問われて思い出したのは、衣装の汚れと、『じょっぱり@素人カメラマン』の証言だ。

「誰かが土蔵に移動させたのよ。鼎の目を盗んで、知らない間に」

「そうだ。それができるのは」

「家守《いえもり》夫婦よ」

土井が何か言う前に、清花は昼間訪れた消防署に電話をかけた。屋敷から119番へかけられた救急車の出動要請記録を知るためだ。そして『じょっぱり@素人カメラマン』がマヨヒガで花嫁の幽霊を見たという十一月五日の二日前、神月鼎が体調を崩して救急搬送され、かかりつけ病院に緊急入院したことがわかった。

「幽霊が目撃された日、神月鼎は入院中で屋敷にいなかったのかもしれません」

「人形を移動させたときに、たまたま見かけたってことなんだろうか」

「ちょっと待ってくださいよ」

後部座席から身を乗り出して、勇は清花のヘッドレストに手を掛けた。土井に顔を向けて訊く。

「だけど、それっておかしいっすよね？　家守夫婦は人形のことも、土蔵のことも、何も知らなかったと証言しているんでしょ。それに、なんで人形を動かすんですか？」

「衣装や装飾品目当てだったというのはどう？　呉服卸をしていたのなら、衣装の価値がわかるから、お金目当てで隠したとかは？」

「ウエディングドレスの娘もいたよね。あれも価値があるのかい？」

と、土井が訊く。

「わかりませんけど、ジュエリーが本物だったとか」

「なるほどね」

「宝石を盗む気なら人形を動かさなくてもよくないですか？　それだけ盗めば」

「だって、着物は縫い付けてあったのよ？」

勇はますます身を乗り出した。

「それならよけい屋外に出して着物を汚す理由がないっす」

「ああ……たしかにそうね」

清花は降参して口ごもった。

「あと、俺は不思議に思ったんですけど、納戸に人形があったとして、鼎氏は火を点《つ》ける前に、ひと目くらいは奥さんの顔を見たいと思わないかな？　いや、本当に仲良かったかわからないけど……その場合、中が空だとわかりますよね」

火を点けますか？　と、勇は訊いた。

清花は消防署員の河合の話を思い出していた。鼎は裏口で死んでいたのだ。自分が点けた炎から逃れるように。

「そうよね。丸山くんの言うとおりだわ。人形がないと気がついて、探しに出ようとしていたのかしら。だから裏口で亡くなった？」

「……木村巡査の話では、二人が戻るのは二日後くらいということだったね」

訊かれて清花はスマホのカレンダーを確認し、

「その話を聞いたのは昨日なので、予定通りならそろそろ戻ってくるはずですが」

と、土井に伝えた。

「明日は、一体を佐藤先生のところへ持って行くけど、そのときにもし、三浦夫妻がいたら、話を聞いてみようじゃないか」

そう言う土井にいつものとぼけた表情はなく、敏腕刑事の顔をしていた。


親が自分より先に子供を失う。清花はずっとそのことを、心の中で考えていた。自分ならばどうするだろう。おかしくなってしまうだろう。もしもそれが桃香だったら、焼いて骨にしたり、冷たい土のお墓に埋めるなんてことはできない。風が吹けば寒さを案じ、日が暮れれば寂しさを案じ、太陽が照れば暑さを案じる。もう何も感じないのだとわかっていても、割り切ることなどきっとできない。想像しただけで恐ろしさに消え入りそうになる……同様の想いで親たちは、神月家に子供を連れていったのだ。美しい衣装で飾られるまでにどんな工程を経るかについては、想像する義務すら放棄して。

翌朝。雨はまだ止まず、海端の宿泊地では、灰色の海に強い雨風が吹き付けていた。雨は強弱をつけて車体を叩《たた》き、時折バタバタバタバタ、と音がした。まとまった雨水が風でボディに叩きつけられていく音だ。

再び神月家へ向かう前に、清花たちは土井が淹《い》れたコーヒーとコンビニのおにぎりで簡単な朝食をとっていた。雨の中で人形を運ぶため、途中でホームセンターによって梱包《こんぽう》材を買って行こうと土井と勇が話している。佐藤教授の許《もと》でスキャンしてみて内部に人骨が残っていれば異常事態なのだから、一部を剝《は》いで骨を剝《む》き出し、DNA検査に必要なタンパク質を採取すれば、ミョウバンなどで加工された古い皮膚からDNAを検出するより時間も短縮できるし精度が上がる。

そして、その後はどうするか。それを決めるのは残念ながら返町であり、所轄署だ。そもそもこんなケースに対応できる法律があるのか、清花は知らない。

直近で一番早く店が開くホームセンターを勇が検索している間に、土井はコーヒーの道具を片付けながら、

「鳴瀬くんさ、駐在の木村さんに電話して、もう一度蔵に入ると伝えてくれない？」

と、言った。

「人形を一体お借りして青森市の研究施設へ持っていくと」

「わかりました」

清花は駐在所へ電話をかけた。木村は変わらぬ気安さで、

「大学で調べるほど貴重な人形でしたが？」

と、訊《き》いた。

「はい。ご専門の先生も見たことがないそうで」

「それはそれは」

と、言ってから、

「一昨日ぁ駐在所にいなぐですまねでした。倅《せがれ》ばお役さ立であんしたか？」

「はい。すてきな息子さんで、親切にしていただいて助かりました」

「んですか。それだばよかったであんす。ところで、村の年寄りが『入り婿の家《え》』の話したど思うんだけども……ほら。神月の家では男がおがらね（育たない）どいう話であんす。大ぎな声じゃ喋れねえけども、あの家では、男が生まれるど婿に連れで行がれでまるんだど」

「婿に連れて行かれる？　それはどういう……」

　確認しながら土井を見る。勇もスマホから顔を上げてこちらを見た。

「親父だぢの年代の人だぢはそったらごど言ってらす。『入り婿の家』は『嫁御の家』だど。馬鹿話だど思って気にもしませんでしたけど、先生と親父の話ば倅が聞いて、やおら思い出したすけ伝えでおきます。年寄りだぢは神月の家のこどはあまり喋りたがらねえもんだがら」

　せば、わぁも屋敷に行きあんすか？　と木村に訊かれ、それには及びませんと答えたとき、不意に土井が口を挟んできた。

「鳴瀬くん、神月家の納戸のことを訊いてくれない？」

「あ、はい。納戸のどういう？」

「どんな納戸だったのか、扉はあったか、開いていたか」

　清花は土井が何を知りたいのか察知した。目が刑事のそれになっていたからだ。

「あの、木村さん、すみません。つかぬ事を伺いますけど、月に一、二度は鼎さんの様子を見に行っていたと仰《おつしや》いましたよね？」

「行っていました」

「母屋の様子もご存じだったと思うんですが、母屋に納戸があったでしょうか」

「大っきな家だがら、納戸も仏間も客間も囲炉裏もあんしたよ」

「納戸が最も燃えていたと聞きました。可燃性のものとかあったんでしょうか」

「どうだべが。いづも戸閉まってらったし、納戸も使ってらったかどうか……まあ、納戸使わねくても、部屋はずっぱどあったすけ。それに重てえ灯油なんかは、鼎さんはいづも玄関さ置いでましたよ」

清花は土井のほうを見て、

「納戸は閉まっていた」

と、復唱した。木村に礼を言って電話を切ると、

「納戸は扉付きで、いつも閉まっていたようです。灯油の類いは玄関に置いていたということなので、丸山くんの言うように、火災当日に納戸を開けて人形がないと気付いた可能性はありますね。外に探しに出ようとしたけど裏口で力尽きたとか……」

「でも、納戸が一番燃えていたわけでしょ？」

と、勇が言った。

「俺なら最初に人形に火を点《つ》けるから、納戸が空っぽだったら実行しませんけどね」

「そのあたりの心理はまちまちだと思う」

土井は両手を挙げて自分の首の後ろをつかみ、ベンチシートにふんぞり返った。眉《み》

間《けん》に皺《しわ》を寄せて天井を睨《にら》み、「う〜ん」と唸《うな》ってから言った。

「何度かトライしていたのかもしれない。土蔵の内部も灯油臭かったよね？　明かりがないからよく見えなかったのと、火災臭が強烈で鼻が馬鹿になっていたけど、灯油臭はしていた気がする……燃やすつもりで人形に灯油をかけて、実行できない、を繰り返し、最後は納戸周辺に灯油をこぼして火を点けた……灯油はけっこう重たいからね」

「でも、戸を開けて顔を見ませんか？　奥さんですよね？　最後の最後に」

「愛していたら、見るかもね」

土井が言い、勇はドヤ顔を清花に向けた。

「火が迫るなか、一目見ようと納戸を開けて、奥さんがいなかったら死にきれないじゃないっすか？　それで裏口まで走ったとか、怖すぎる」

「ていうか、たったいま木村巡査から、もっと怖い話を聞いたんですけど」

鳥肌が立っているはずの腕を見ながら清花が言うと、勇は怯《おび》えて口をパカンと開けた。

「木村巡査のお父さん世代は、神月家で男子が育たないのは、婿にするため連れて行かれるからと噂してたと」

「誰に？」

「花嫁に、だと思います。あの家は『入り婿の家』だけでなく、『嫁御の家』とも呼ばれていたと」

パカンと開けていた口を勇は閉じた。

「やっぱりそういう家だったのよ。嫁御の家は花嫁を作る家って意味じゃないですか？　だから『しかだねじゃ』だった。施設で木村巡査の息子さんが言ってましたよね？　お祖父《じい》さんに火事のことを話したら、驚きもせずにそう呟《つぶや》いたと……人形のことは何も知らないと言っていたけど、本当は、村の人は、清見さんのことも人形のことも知っていたんじゃないですか」

土井は唇をキュッと嚙《か》み、「かもね」と言って目をしばたたいた。


午前八時三十分に開店するホームセンターを勇が見つけたので、出発準備をして車を出した。この日は勇が助手席に乗り、清花は後部座席に落ち着いて返町への報告書をまとめることにした。現段階までの調査でわかったことを文章にしてみたが、車の振動で思ったようにキーが打てず、十分程度で挫折《ざせつ》した。ノートパソコンを閉じて外を見ると、すでに見慣れた風景が水煙にかすんでいる。野辺地駅に降り立って興味深く防雪林を見た日のことが、遠い昔に思われた。

ホームセンターで梱包《こんぽう》材とテープを買って、再び山の中へ入って行った。初めて屋敷へ向かう勇ははしゃいでいたが、清花は人形と死のうとして果たせなかった鼎のことを考えていた。佐藤教授に会ってから、人形婚についてさらに調べてみると、人形婚の背景には民間巫者《ふしゃ》が仏降ろしをする口寄せが関係しているという論文をみつけた。昭和に人形婚が流行《はや》る以前から、冥婚《めいこん》の風習はごく一部の地域にあったのだという。遺族は巫者を通して死者と会話し、『結婚していないので肩身が狭い』『独り身で寂しい』などの声を聞くにつけ、神社に一対の藁《わら》人形を奉納したり、寺院の土中に埋めたりして供養していたというのである。こうした風習が下地にあって、昭和五十年ころにはオガミヤサンやイタコの口語りによる人形奉納の示唆で人形婚が流行ったという。婚礼人形を神社仏閣に奉納する風習は歴史が浅いと思っていたが、狭い地域に限って言えば、それ以前から死後婚の思想はあったらしい。

未婚の男子に奉納する花嫁人形ばかりが多く、花婿人形が少ないことを清花は想う。時代が変わっても女性は嫁がされるために花嫁になるのか。そんな花嫁たちが神月家の男子を獲《と》ってあの世に連れて行くと噂があるのは、何とも皮肉なことだと思う。

前回とは違いシトシト雨の中で訪れた神月家は、濡《ぬ》れた竹藪《たけやぶ》が覆い被《かぶ》さってくるようで、カラスたちの出迎えもなく、山中に沈む静けさだった。以前と同じ場所に駐車して、清花たち三人は車の中で白衣に着替えた。傘をさし、梱包材の大きなロールは勇が抱えて、屋敷までの道を歩いて進む。傘を叩《たた》く雨粒が、パタリン、パタリン、パタリン、と静かに響いた。

「ホント、おとぎ話に出てくるような場所ですね」

「というか、昔話ね」

勇と土井の会話を聞きながら、無言で二人についていく。

遺体を剥製《はくせい》にして残すことの功罪について、清花は考え続けていた。細い坂道を上るとき、火災臭ではなく竹藪と山の香りを感じた。今日は雨が空気を洗って、あの吐きそうな臭いは少ない。片側では土塀が雨に濡れ、反対側に目を転じれば、かつて畑だった土地が草原になってしなだれている。黒門の潜り戸を勝手に開けて、土井と勇は敷地に入った。人々は、ひと目を忍んでこの坂を、遺体と一緒に上って来たのか。そのとき胸にあったのは、悲しみだろうか、喜びだろうか。子供の死を悲しみながらも残せることは喜んだのか。それともただそのときは、悲しみから逃れることだけを考えていたのか。足下が消え去るような悲しみに耐えきれず、姿が身近にあることで自分をごまかそうとしたのだろうか。つまるところ死者のためではなくて、自分のためにそれをしたのか。ぼんやり考えているうちに、土井たちの姿は消えていた。

清花が潜り戸を通るとき、

「どひゃあ」

と、勇の悲鳴が聞こえた。蔵の扉を開けたのだ。

まあ、あれを見たらそうなるわよね。丸山くんは最初からあれが人間とわかっているわけだし……そんなことを考えながら、庭の敷石を選んで踏んだ。納戸が最も燃えたというが、母屋はもはやすべてが異様な炭の山である。足下だけ見て土蔵のほうへ歩いていたとき、小さな人影が離れの前をよぎった気がした。

ハッとして顔を上げると、半透明の傘を透かして子供の姿を見たように思った。さらに離れの引き違い戸が閉まるのを見た、ような気がした。ハタハタハタ……と傘が鳴る。井戸も庭木も離れの玄関も雨にかすんで、この前借りたポリバケツがコロンと地面に転がっていた。

脇では土蔵の扉が開いて、土井と勇が中にいる。運び出す人形を選んでいるのか、梱包材のロールを入口に置いたまま、奥で明かりが動いている。清花は土蔵へ向かわずに、家守《いえもり》の離れへまっすぐ進んだ。離れの屋根から滴り落ちる雨水が地面を丸く抉《えぐ》っている。その水たまりに光が揺れて、庇《ひさし》の裏を映している。軒下で傘を畳むと、清花は玄関の引き違い戸に手をかけた。古い家屋と埃《ほこり》と土間の匂いがした。

「ごめんください」

声をかけてみたが返答はない。

鍵《かぎ》が掛かっているだろうかと思ったが、引き違い戸は簡単に開いた。内部は二畳程度の土間だった。薄暗く、上がり框《がまち》は縁台ふうで、戸のない居間につながっている。卓袱《ちゃぶ》台《だい》とタンスと座布団の他にはほとんど物がない八畳の部屋だ。井戸側に廊下があって、そちらの障子は開いていた。

「ごめんください。こんにちは」

わかっているのにまた声をかけ、清花は土間で靴を脱ぐ。なぜそうしたのかはわからない。失礼しますと小声で言って框に上がると、ギシッと床が小さく鳴った。

和室の奥には襖《ふすま》があって、別の部屋につながっている。卓袱台の脇を通って襖に手をかけ、そろそろと開けたとき、小さな少女が後ろを向いて座っているのを見てギョッとした。子供だ、やはり子供がいた。と、一瞬思ったが、そうではなかった。それは小さな衣桁《いこう》に掛けた着物であった。手鞠《てまり》や桜をあしらった青い晴れ着だ。それが床の間に向けて置かれていた。でも……。

違う、いる。

と、なぜだか清花は突然感じた。畳に足が張り付いたように緊張し、耳をそばだてて音を探ると、聞こえるのは雨音だけのはずなのに、それが、パタパタと廊下を駆ける子供の足音に思われた。湿って薄暗い部屋にこもっているのはなんだろう。深い悲しみと子供への愛だ。この家には確かに子供がいる。生きていようと死んでいようと、火事で亡くした子供への愛が色濃くて、自分たちはそれを見るのだ。

清花は悲鳴も上げずにあとずさり、そして静かに部屋を出た。玄関の引き違い戸を閉めたとき、家守夫婦の生傷を盗み見たような後ろめたさを感じた。土蔵の開け放した扉の奥で、土井と勇は人形のカツラを外していた。

再び傘をさして土蔵へ向かうと、土井が床から清花を見上げて訊《き》いた。

「なにかあったかい?」

「子供の晴れ着が」

「清花さん、どっか行ってきたんすか?」

呑気《のんき》に訊いたのは勇だ。作業に夢中で、それ以外のことには注意が向かなかったらしい。

「ちょっと離れを覗《のぞ》いてみたの」

「あ、またぁ……それって刑事の悪い癖ですよ」

「そうよね。私もそう思う」

傘を畳んで端に立てかけ、靴カバーを装着して土蔵に入った。土井は持ち出す一体を神月清見に決めたようだった。床の空きスペースに梱包材を広げ、花嫁をそこに横たえようとしている。頭から取り外されたカツラが床にあり、花嫁は頭部がカツラ下地の状態だった。やはり地毛が生えており、頭皮を切開した跡が耳の後方で縫われているのがはっきりわかる。

「カツラを梱包《こんぽう》してもらえるかい？」

と、土井が言う。

手袋をはめてロールから梱包材を切り分けると、清花は二人の邪魔にならない場所までカツラを運んだ。暗すぎるので携帯用ライトを持ってきて床に置く。

土井と勇は外の明かりで作業をしている。そのため扉は開け放ったままで、湿気と風と雨音が入り込んでくる。土蔵の床は冷たくて、花嫁たちが周囲に並び、清花はその口元から蚊の鳴くような歌が聞こえてくるのではないかと恐れた。嫁ぎ先も帰る実家も失って、どんなに心細いかと一瞬思い、同情して泣きそうになってくるのを堪《こら》えた。人形たちは生きていない。心細いことも、寒いことも、もはやない。これは誰かの悲しい愛だ。それだけなんだ。簪《かんざし》が傷まないよう梱包材を細かく切ってそれぞれに巻き、髪型が乱れないようクッション材を作って固定して、頭部が入る空間にも巻いて入れ、カツラを包んでいると、土井が明るい声で言うのが聞こえた。

「こんにちは」

顔を上げると、雨の中に二つの人影があった。土蔵の外に立ってこちらを見ている。カツラを置いて立ち上がり、目をこらしてよく見ると、それは五十がらみとおぼしき男女であった。

「初めまして。ぼくは『人形玩具研究所』の土井という者です」

清花も土井と勇の近くへ行った。男女は戸惑ったような、恐れたような表情だ。

「こちらの家守をしておられた三浦さんですか？」

土井たちの後ろから清花が問うと、夫妻はわずかに頷《うなず》いた。

「所轄署の許可を得て、蔵のお人形を調べさせていただいているんです」

夫妻はそう言う土井ではなくて、床に置かれた人形を気味悪そうに見つめている。

ややあって、夫のほうがこう訊いた。

「どっかへ持って行くんですか？　全部」

「いえ。とりあえずこの一体だけです。調査が終わればお返しします」

「どこへ持って行かれるんですか」

今度は妻がそう訊いた。

「大学の研究室です」

妻の手が、そっと夫の腕にかかった。

「それは神月家の……」

「存じています。貴重な品なので、慎重に取り扱うと約束します」

そう言ってから、土井は振り返って勇と清花を紹介した。

「実は、お伺いしたいことがあって三浦さんたちを探していました」

「ああ……その……ちょっと郷里へ戻っていたものですから」

と、ご主人が言う。

「何ですか？　訊きたいことって」

不安げな口調で妻が訊く。

「人形のことです。作ったのは鼎さんでしょうか」

まさか、という顔で妻は頭《かぶり》を振った。

「人形のことはご存じなかったですか？」

「知りません。家守といっても、母屋の掃除と旦那《だんな》さんのお世話と、庭をやるのが仕事だったので、蔵のことは知りません。開けたこともありません」

「いつも鍵が掛かっていたので」

奥さんも付け足した。二人とも冷たい雨で足下が濡《ぬ》れている。

土井は時間を確かめて、「そろそろ出ないと間に合わないな」と、呟《つぶや》いた。

「すみません。時間を約束しているもので、作業を進めてよろしいですか？」

訊くと、ご主人のほうが言う。

「したらお手伝いしましょうか」

妻から離れて土蔵のほうへやって来た。奥さんを振り返り、

「こっちはわしが手伝うから」

と言う。

「わしらも引っ越しの準備に来たんです」

「そうですか。お忙しいところをお邪魔して……こちらは手が足りていますので大丈夫です」

「あ、じゃあ」

と、清花が一歩前に出る。

「むしろ私が残ってお手伝いをしましょうか？」

「いえ、けっこうです。引っ越しといってもたいした荷物もないもんで」

そう話しているうちに、奥さんは離れへ引っ込んでしまった。

「じゃあ……わしらも家の片付けをしていていいですか」

傘の下から訊いてくるので、「もちろんです」と、土井が答えた。

「ただ、あとで少しだけ話を聞かせてください。いえ、人形のことじゃなく、ご当主の鼎さんのことです。こちらに長く住まれていたので村の人たちは様子をご存じないということだったので」

いいともイヤだとも取れる顔をして、ご主人は離れに戻っていった。

「やっぱり帰ってきたかぁ」

と、抑えた声で勇が言う。清花も土井を手伝うフリをして、

「私が残って話を訊《き》きます——」

と、囁《ささや》いた。

「——丸山くんと佐藤先生のところへ行ってください。調査に残るということで、二人から話を聞いておきますから」

「清花さん独りで大丈夫ですか？」

「大丈夫ってなにが？」

訊くと勇は怯《おび》えた顔で壁際に並ぶ人形を見た。

「こっからだと往復で二時間以上はかかりますよ？　二人から話を聞いたあと、まさ

かここで待つつもりですか？」

「引っ越しの手伝いをしているわ。それか、離れで待たせてもらう。ここにはいない、怖いから」

「ですよねぇ」

清花は土井に顔を向け、

「今を逃せば『研究員』が夫妻から話を聞くチャンスはないです。二人の顔を見ましたか？　あれは絶対に何か知っている顔です。そもそも人形を移動できたのは二人以外にいないんですから……やらせてください。お願いします」

「手を動かしてね」

と、土井は答えた。

「こっちの様子を見てるかも」

梱包材に横たえた花嫁を、優しく丁寧に包んでいく。作業しながら土井が言う。

「犯人捜しじゃないからね？」

「わかっています」

「大丈夫？」

「はい」

上目遣いに清花を見て、土井は情けない顔で笑った。

「わかった。木村巡査に話してサーちゃんを迎えに来てもらおう。そうだな、一時間くらいで」

「ありがとうございます」

梱包材をテープで留めながら土井は続けた。

「たぶんサーちゃんにしかできない聞き込みだと思うんだ。火災で娘を亡くした呉服店の夫婦が家守だったら……同じ年頃の子を持つ母親だという点で」

そしてニッと小さく笑った。

離れにあった晴れ着を思って、清花の心臓はキュッと痛んだ。

グルグル巻きにされた花嫁と、グルグル巻きにしたカツラを土蔵から運び出すとき、雨はほとんど上がっていた。土井と勇で花嫁を抱き、清花はカツラを胸に抱えて、止めてある車まで運んで行った。

三浦夫妻が乗ってきた車が坂の下に止めてある。軽自動車なら坂のすぐ下まで来られるわけだ。車内を覗《のぞ》くと後部座席に荷物用の小さいコンテナがあり、上に布が掛けられていた。買い出しなどをしたときは、ここから上まで荷物を運んでいたのだなと思い、高齢者が独りで暮らせる場所ではないと、また思う。家守《いえもり》夫婦がいてくれなかったら、鼎はもっと早くに屋敷を燃やしていたのだろうか。

キャンピングカーは荷物運搬車ではないし、花嫁はポーズをつけたままで固まっているので、傷めないよう車に乗せる作業は大変だった。幸いにも花嫁は身長が低かったのでリアドアから搬入し、動かないようシュラフで押さえるなどして床に固定し、毛布で覆って搬出の準備は整った。土井と勇が出発するのを見送りながら、清花はポケットのケースを出して勇にもらった王林リンゴのグミを一粒食べたが、今の気持ちにヒットしなかったので、コーラのグミを二粒追加し、

「よし」

と、小さく自分に言った。

白衣の裾《すそ》を叩《たた》いて伸ばし、山際に建つ神月家へ再び戻った。

神月清見を搬出したとき、土蔵の扉は閉めてきた。湿気が入るのを嫌ったためと、あれらがむき出しのままになるのがいたたまれなかったからである。

代わりに今は離れの引き違い戸が開いていて、内部の様子が窺《うかが》えた。

清花は離れに近づいて声をかけた。

「すみませーん」

返答はない。もう一度呼びかけたとき、縁側のほうから三浦の妻がやって来た。

「……はい？」

清花は極力フレンドリーに微笑んだ。

「ちょっと鼎さんのお話をお伺いしてもよろしいですか？」

奥さんは予期していたように犬走りを歩いて縁側のガラス戸を開け、清花を誘った。

後ろはさっき内緒で覗いた和室だったが、衣桁《いこう》に掛けてあった晴れ着はすでになく、風呂敷《ふろしき》包みが置かれていた。縁側に掛けるよう言ってから、奥さんは玄関のほうへと戻り、ペットボトルに入った冷たいお茶と茶碗《ちゃわん》をひとつ、お盆に載せて運んできた。

清花の脇にそれを置き、

「こんなものしかなくて」

恐縮しながらペットボトルのお茶を茶碗に注ぐ。

「おかまいなく。私のほうこそ、お取り込み中なのに申し訳ないです」

注がれたお茶を一口もらうと、清花は初めてのそぶりで部屋を見た。

「この度は本当にご愁傷様でした。鼎氏とは長いお付き合いだったんですか？」

奥さんは少し考えて、

「それでも五年は居たかしら」

と、言った。奥からご主人もやって来て、奥さんの隣に正座する。

「鼎さんのことですか」

と、清花に訊いた。

「はい。実は、あのお人形なんですが……」

どこまで話そうかと考えながら、土井から『犯人捜しじゃないからね』と言われたことを心に留《と》めて、知るべき真実はなんなのだろうと自分に問うた。清花は誠実であろうとし、二人に向けてこう言った。

「学術的に、とても価値のあるものです」

反応は薄かった。

「それで、知りたいのは、あのお人形がこのお屋敷にやって来た経緯なんですが、鼎さんからそのあたりのお話をお聞きになったことはないですか？」

「いや……ありませんねえ」

「お二人もお人形のことはご存じなかったんですものね」

「はい」

「神月鼎さんはどんな方だったのでしょう」

ご主人のほうが顔を上げ、

「どんなというのは？」

と、訊いた。ダメだ、尋問になってしまう。

清花は前の部下であるベテラン刑事の聴取の仕方を思い出そうとした。昔は回りくどくて生ぬるいと思っていたけれど、あれこそが被疑者を萎縮《いしゅく》させずに思いを引き出す方法だったんだ。清花は庭木に目をやって、

「ここへ来るとき見たんですけど、石垣に草一本生えていませんでした。お庭もとてもきれいだし、鼎さんはセンスがよかったんでしょうね」

と言った。

「庭はわしがお世話してました」

ご主人はホッとしたような声で話した。

「そうなんですね。もともと庭師のお仕事を？」

「いいえ、そうじゃなく、元は呉服屋をやっていました」

「え、ビックリ」

清花は身を乗り出して、「私、娘がいるんです」と、ニッコリ笑った。

「つい先日に七五三をやったばかりです。お宮参りのときに義母《ぎぼ》が四つ身の着物を作

ってくれて、三歳のときもそれを着たんですけど。帯を締めないので、被布っていいましたっけ？　子供の着物って考えられているんですよね」

「娘さんは七歳で？」

「数え年で七歳です」

奥さんの表情がいくらかやわらいだように思えた。

「いいお義母《かあ》さんですね。今は四つ身の着物を拵《こしら》える人は少ないです。レンタルが主流になってしまって」

「はい。義母《はは》に知識があったから、私は助かりましたけど……三つのときは草履で歩くこともできなくて、ずっと夫が抱いていて、口紅を塗ったら口を開けなくなっちゃって、着物を脱ぐまで一言も喋《しゃべ》らないし、ニコリとも笑わなかったんですよ」

「あらあら……口紅って、大人はかわいいと思って塗るけれど、子供は気持ちが悪いんでしょうね」

「でも、今年は自分の足で歩いていたので、成長したなと感じました」

「子供の成長は早いですからね」

と、奥さんは目を細めた。一人娘を喪《うしな》った人のようには思えなかった。

「鼎さんは静かでおとなしい人でした。博識で、いつも本を読んでいました」

奥さんが静かに言った。

「裏に畑があるので畑と庭の仕事はわしが、母屋の仕事は家内がやってました」

「ここに三人でお住まいということは、お食事なんかも一緒にされていたんですよね」

「そういうことはないですわ。生活は別々で、ここから母屋へ仕事に通うような感じでした。ですから村の人ほど神月家のことは知りません」

「どういうお知り合いだったんですか？　鼎さんとは」

世間話のように訊《き》く。答えたのはご主人だった。

「着物の仕事で知り合いました」

やっぱり……と、清花は福子が送ってきた火災の記事を思った。

「お人形に着せる着物だったのかしら」

「そうではなく、鼎さんは和装がご趣味だったんですよ。よい仕立ての着物をご注文くださるお得意様でした。ところが、わしらは……火事で店を潰《つぶ》しましてね」

申し訳なげに目を細め、

「お預かりしていた着物なども多くて、補償で首が回らなくなりました。持ち物全部手放して金に換えたら住むところもない有様で、それを知った鼎さんが、わしらをここへ呼んでくれたんです。世話をしてくれる人を探していたからちょうどいいと」

「すみません……立ち入ったことを訊いてしまって」

「いえ、村の人も知っている話ですから」

と、奥さんも言った。

「それじゃ、今回のことは本当にお辛《つら》かったでしょうね」

「ええ、まあ。でも、鼎さんが亡くなれば、いずれここを出て行かなければならなかったわけで。幸いにも色々きちんとしてきたことで、後ろ指を指されることもないわけですから、どこででも生きてはいけます」

ご主人が言ったとき、奥さんがそっと彼の手を撫《な》でるのを清花は見た。

「鼎さんは書を嗜《たしな》んだり墨絵をやったり、多趣味で温厚な方でした。ジャステラとケツメイ茶が好物で、最近は食が細ってほとんど召し上がらなくなって……」

奥さんは手の甲で口元を押さえた。

「では、お人形を収集したのが誰かは、わからないんですね。鼎さんより前の誰かのものかもしれないですね」

「そのあたりのことはわかりかねます」

会話が一瞬途切れたので、清花は残りのお茶を飲み干して立ち上がった。

「お忙しいのにすみませんでした。あの、私はもう少し土蔵で作業していますから、お手伝いできることがあれば遠慮なく声を掛けてください。力自慢なので」

ありがとうございます、と、二人は言って、

「でも、ごらんの通り、家具とかの大きい物はないですからな」

と、ご主人は部屋を振り向いた。

「こちらにあるのを使わせてもらっていたので」

二人は穏やかに微笑んでいる。居場所を失うことも、雇い主の不幸も、なにもかも、昇華しきった表情に見えた。風呂敷《ふろしき》包みや衣類やアルバムなどが床の間の前に集めてある。手前に八畳の居間があり、土間に下りれば玄関なのに、荷物は縁側から運び出すのだろうかと一瞬考え、そのほうが出口に近いのかなと思って納得した。屋敷を知り尽くしているからこそのルートなのかもしれないし。

縁側を下りて犬走りに立ち、お辞儀してから玄関のほうへ戻ると、さっきは開け放たれていた引き違い戸がぴっちり閉まり、少しだけ拒まれたような気持ちになった。もう一度縁側を振り返ってみると、L字の土塀が切れた先に畑があって、葉っぱが黄色くなった大根が植わっていた。

石段の上で靴カバーを出し、土蔵を開けてカバーを履いた。それから扉を全開にし

て、内部に光を呼び込んだ。雨はまたポツポツと降り出して、井戸や離れを濡《ぬ》らし始めた。運搬ボックスからバインダーとペンを出し、清花は一階に置かれた花嫁たちを調査しているフリをした。一体が運び出されて、残る十三人は不安げだ。

人の剝製《はくせい》だと知ってしまえば、最初に見たときと印象は全く異なる。あのときは不気味さに驚いただけだけど、むしろ技術の確かさに驚愕《きょうがく》する。冷静に見ればわかったはずだ。猟奇犯が邪《よこしま》な欲望から手がけたのではなく、祈りの気持ちが宿っていると。背中の縫い目はパテで丁寧に塞《ふさ》がれて、なめらかに白粉《おしろい》を塗ってある。重ねた手に残った爪は丸くきれいに整えてある。もの言わぬ花嫁たちの唇に、ぽっちりと紅を引いたのは誰だろう。神月鼎がやったのだろうかと考えながら一体一体を見ていくと、紅も、その塗り方も、同じではないとわかった。

「そうか……化粧は家族がしたんだわ」

そう思ったら、胸が詰まった。

彼女たちはまだ若い。歳を経て死んだ場合と違う。親たちはこれからも続いたはずの人生を思い、果たせなかった無念に泣いた。どんなに泣いても何もできない。どうしてあげることも、もうできない。だからできることを懸命に探した。巫者《ふしゃ》の口からあの世で肩身が狭いと聞けば結婚させてやろうと思い、もっと生きていたかったと言われれば、生かしてやりたいと願ったはずだ。

湿った風が静かに吹き込む。土蔵の床はしんしん冷えて、花嫁たちの体も冷たい。白無垢《しろむく》の花嫁の頬に触れてみたとき、ポーン、ポーンと音を立て、梯子段《はしごだん》の上から手鞠《てまり》が落ちてきた。ギョッとして清花は梯子段の上を見た。天井には四角い穴が開いていて、ピ、ポンポンポン、ピ、ポン……ポン……と、澄んで甲高い音がした。手鞠は床を転がって、花嫁たちの足下で止まった。

ピ、ポンポンポン、ポ、ポ、ポン……オルゴールが鳴っている。

「誰？」

清花は訊いたが、軒から雨が滴る音と、切れ切れの音楽が聞こえるだけだ。

バインダーとペンを床に置き、清花はグミを一粒食べた。ケースをしまい、梯子段の下へ行く。見上げても暗くて二階の様子は見えない。ピ……ポン……オルゴールは切れ切れで、けれど確かに鳴っている。清花は梯子段を上がっていった。嗅《か》いだことのある匂いがしたが、よくわからない。二階の床に開いた穴から顔だけ出して覗《のぞ》いてみると、前回と同じところに赤い座布団が敷かれていて、脇に長持が置かれていた。オルゴールはまだ鳴っていて、思い出したように単音だけを鳴らしたりする。もう一段上がってオルゴールを探すと、長持の上に置かれていた。

二階の床に手を掛けて、自分の体を引き上げた。

一つだけの窓から差し込む光が邪魔をして、内部の闇はさらに濃い。床にウールの膝掛《ひざか》けはなく、長持の上にあったはずの絵本が一冊、屋根のようなかたちで床にあり、ロウソクと線香と食べ物の匂いがした。

「だれ？」

訊きながらスマホを出した。

電話するためではなくて、明かりを点《つ》けるためだった。携帯用ライトは下に置いてきた。だから清花はスマホを操作し、どぎつい明かりで二階を照らした。

誰もいない。いるはずがない。けれど食べ物の匂いは確かにしている。長持を照らし、絵本を照らし、ランプを照らして気がついた。ぬいぐるみがない。

振り返って穴より背後を照らしたとき、鋭角になった部屋の隅に、ウールの膝掛けを被《かぶ》った子供がいるのに気がついた。ギョッとのけぞりそうになったが、踏みとどまった。座敷童《ざしきわらし》なんかじゃなくて本物の子供だ。それが証拠に小さな足が、膝掛けに収まりきれずにはみ出している。

直接当てていた光を床に向け、清花はゆっくり近づいた。

「私はサーちゃん。怖がらないで」

子供はじっと耐えている。怖がらせないよう近づいて、脇にお膳《ぜん》が置かれているのに気がついた。ごはんと汁物、惣菜《そうざい》、水菓子、こんにゃくゼリーが載せてある。土井や勇が下にいたから、片隅に隠れていたのだと思うと可哀想になった。子供は小さい。桃香と同じくらいに見える。正面にひざまずいてライトを消した。

「ねえ」

と、肩に手を掛けて、奇妙な手触りだと思う。その手がウールの膝掛けをつまんだとき、子供はグラリと揺れて横様に倒れた。膝掛けのみが手に残り、上半身がむき出しになる。それはおかっぱ頭の少女であった。見開いた両目はガラスのようで、顔半分にシボがあり、少し開いた口元からは、小さな歯が見えていた。

「ひっ」

無表情でこちらを見つめる少女の異様さに、清花は思わず尻餅《しりもち》をついた。うそ、え、違う、と頭の中で警鐘が鳴る、少女は黒地に小花模様の振り袖《そで》を着て、銀色の帯を締め、赤い志古貴《しごき》を巻いていた。井戸の脇にいた子だ。でも人間じゃない。

再びスマホのライトを点けて、確かめた。

見開いた目はガラス玉。シボのある顔半分は縮緬《ちりめん》布でできていた。でもそれ以外の部分は……清花はそっと手を伸ばし、皮膚に触って口を覆った。袂《たもと》から覗く手は小さくて、五本の指には爪がある。でも、着物の裾《すそ》から覗いた足は布製で、髪はカツラで、止めつけてある。おそらく髪は燃えたのだ。クマのぬいぐるみは少女と一緒に膝掛けの下に置かれていて、手つかずのお膳の近くに灯《とも》明を灯した痕跡《こんせき》があった。そのとき、バタン！　と振動があって蔵が揺れ、階下から風が吹き上がってきた。ハッと振り返ると梯子段の下の明かりがない。土蔵の扉が閉まったのだ。

慌てて階下を覗いてみると、真っ暗だった。ライトを点けたままのスマホをポケットに落として、清花は足探りして梯子段を下り、蔵の中央を走って扉を摑《つか》んだ。力任せに押しても引いてもびくともしない。拳《こぶし》で叩《たた》いて三浦夫妻を呼んだが、返事もなければ音すらしない。

「三浦さん？　すみませーん、三浦さん」

今度は体当たりをしてみたが、びくともしない。扉の隙間を上から順に確認すると、外側から閂《かんぬき》が掛けられている。

閉じ込められた。なんで？　どうして？　娘の人形が見つかったから？

背後で花嫁たちの囁《ささや》きがする。声を潜めて嗤《わら》っている。そんなはずはないのにそう思う。蔵は冷たく、湿って静かだ。

落ち着いて、考えて、考えるのよ。

清花はグミのケースを出すと、光を当てて梅とイチゴとメロンとコーラ、勇がくれた二種類のリンゴをつまみ出し、全部まとめて口に入れた。

パニックになってる場合じゃないわ。考えるのよ。ここには自分と三浦さんしかいないんだから、扉を閉めたのは三浦夫妻よ。ならば呼んでも助けに来るはずはない。どうして私を閉じ込めたの？

人形と一緒に燃やす気だろうかと考えて、心臓がバクン！　と鳴った。

いやまて、落ち着け、簡単に燃えないのが土蔵じゃないの。でも、この土蔵は塗り籠《ご》めじゃない。そうだとしても、燃やすつもりなら扉を開けなきゃならないはずよ。そうしなければ人形は燃えない。でも私は？　私だけ蒸し焼きにされるのかしら。

清花は首を左右に振った。そんなはずない。三浦夫妻の温厚な顔を思い出す。達観したように穏やかな表情と微笑みを。床の間の前に集められていたアルバムや衣装、ぴっちり閉じられた玄関の引き違い戸。坂の下に止めてあった軽自動車と、荷物入れ用のコンテナ……蔵の二階に置かれた少女とぬいぐるみ、食事のお膳と灯明と線香……。

「まさか」と、清花は自分に言った。

――ごらんの通り、家具とかの大きい物はないですから――

そう言ったときのご主人はサバサバした顔つきだった。

——鼎さんが亡くなれば、いずれここを出て行かなければならなかったわけで……どこででも生きてはいけます——

嘘だ。そんなことはできなかったのに違いない。

花嫁の足下に落ちていたはずの鞠《まり》がない。清花は梯子段に目をやった。

ここだからこそ、この隠れ家のような場所だったからこそ、夫婦は娘と一緒に暮らすことができたんだ。一緒に食事して衣装を着せ替え、玩具《がんぐ》を与えて暮らしてきた。天気のいい日は鞠を持たせてひなたぼっこさせ、夜には川の字になって眠った。そういえば、離れには仏壇も、娘の写真も置いていなかった。あれは娘が一緒に住んでいたからなんだ。

二人は娘の死を認めなかった。事実をごまかして生きてきた。でも、ここを離れたらそうはいかない。街なかに住んだら娘が誰かに見られないよう気を遣って隠さなければならないし、そうなれば、厭《いや》でもそれが人形だという現実を突きつけられる。ならばどうする？　自分なら？　どうするつもりで二人は私を閉じ込めたのか。

死ぬ気だ。と、清花はひらめいた。灯油もしくはガソリンを車に積んで持ってきたんだ。娘と一緒にあちらへ行く気で。それなのに私たちがここにいたから、燃料を運べなかった。私たちが出て行った隙に燃料を運び込み、そうしたら私だけがまた戻ってきたから、二人は慌てて外に出て、何食わぬ顔で話をしたんだ。

娘はまだ二階にいる。ぬいぐるみと一緒に。

「三浦さんっ！」

清花は叫んだ。答えはない。

土蔵の扉を閉めたのは、私を巻き添えにしないため。

清花はすぐさま二階へとって返した。そこにはひとつだけ窓がある。窓を開ければ声が届くに違いない。清花は窓まで走ったが、位置が高くて届かない。長持を引きずって行き、窓の下に置いて踏み台にした。思い切り背伸びして窓枠を摑み、首を伸ばして下を覗《のぞ》くと、井戸と離れがようやく見えた。

「三浦さん！　早まらないで！　三浦さんっ」

けれども、なんの反応もない。格子の内側にあるガラスが邪魔なんだ。割れたガラスで手を切らぬよう、清花は白衣を脱いで腕に巻き付け、白衣ごとグミのケースをガッチリ握った。それを叩きつけてガラスを割ると、破片が飛び散って頬が切れたが、かまわなかった。鉄格子を摑んで、大声で、

「やめて！　寿々乃ちゃんはどうするの、寿々乃ちゃんを残していくの？」

金切り声をあげて叫んだとき、玄関から奥さんが出てきて土蔵を見上げた。

よかった。清花は続けて叫んだ。

「寿々乃ちゃんを残していくの？　この子を残してどうするのっ！」

奥さんは両手で口を覆って泣いている。

「三浦さん、三浦さん」

さらに呼びかけるとご主人も出てきて、奥さんの肩を抱いてこちらを見上げた。

「三浦さん、蔵を開けて。お願いよ。寿々乃ちゃんを残して行かないで」

「もう……終わったんです！」

と、ご主人は叫んだ。

「わしらはずっと夢を見ていた。幸せだった。でも、もう終わったんです」

「終わってない。しっかりしてよ！　終わっていない！」

ご主人が唇を噛《か》み、奥さんを抱き寄せる。そして彼はこう言った。

「三人揃って家族です。寿々乃がいたから家族です」

「寿々乃ちゃんはここにいる！　残して行く気なんですか」

「やめてくれ！」

と、彼は怒鳴った。顔を真っ赤にして、歯をむき出して、つばを飛ばしながらご主人は叫んだ。

「見たんだ！　わしらはあれを見たんだ！　鼎さんの工房を」

そして拳で涙を拭《ぬぐ》い、声を振り絞ってこう言った。

「恐ろしい……寿々乃はわしらを許さない……ほっといてくれ！」

清花はガツンと頭を殴られた気がした。花嫁たちを移動したとき、三浦夫妻は土蔵の隠し戸に気がついたんだ。そして中に入ってあれを見た。どうやって人が人形になるのか、知ってしまって苦しんでいたんだ。罪の意識に耐えかねて、夫妻は自分たちを罰しようとしている。鼎が自分自身を罰したように、炎に焼かれて死のうとしている。窓の格子に取りついて清花は叫んだ。

「二人がいなけりゃ誰が寿々乃ちゃんを覚えているの？　誰が寿々乃ちゃんの話をするの、寿々乃ちゃんは……」

ご主人はもう何も答えずに、奥さんを引っ張って離れの中へ入って行った。そのとき玄関の三和土《たたき》に赤いポリタンクが転がっているのが見えた。ガソリンだろうか、灯油のはずだ。ポリタンクで買ってきたなら灯油のはずだ。灯油なら間に合う、絶対間に合う。『まだ間に合うよ、助けてあげて！』頭の中で桃香が叫ぶ。

清花は白衣もグミのケースも投げ捨てて梯子段《はしごだん》を駆け下りた。足を踏み外して床に落ちたが、かまうことなく四つん這《ば》いで進み、花嫁たちを引っ張って、倹飩《けんどん》式の戸を開けた。穴に這い込んで石段を下り、壁に掛かった工具の中からバールのようなものを手に取った。何に使う道具かなんて考えている暇はない。頭にあるのはただひとつ。

三浦夫妻を止めることだ。

三和土に掘られた溝は出水口が裏の崖《がけ》に向いていて、そこだけ切石積みの基礎部分に穴があり、木枠とトタンで塞《ふさ》いでいるのだ。水は流すがネズミやイタチに入って来られては困るので、出水口には網がある。清花は先《ま》ずその網をバールで突いて外側に外した。さらにバールをトタンに突き刺し、手前に引いた。バリバリとイヤな音がして、トタンが少しめくれてくる。摑《つか》んで手前に引いたとき、トタンの端で手が切れた。かまわず引いて、引き剝《は》がし、床に捨てると格子状になった胴縁《どうぶち》があらわになった。それを壊さないと外へ出られないのでバールを握ると、血でヌルヌルと手が滑った。ハンカチを出して傷口に巻き、再びバールを摑んで胴縁部分に差し込むと、テコのようにして木材を割った。足で蹴《け》り割り、蹴り上げて、外側に張られたトタンも蹴破る。

と、ようやく頭が通る程度の穴が開いた。清花は四つん這いになり、穴に頭を突っ込んで半ば強引に体を進めた。割れた木材が洋服に刺さったが、それでも力任せに踏ん張ると、バキバキと音を立てて胴縁が外れた。片方の腕を引き抜くと、体を斜めにしてもう片方の腕も抜く。生身で溝の内部をこすり、泥にまみれて体を引き出し、すぐに立ち上がって離れへ走った。玄関に白い煙が見える。そのときだった。

「清花さん！」

と、どこかで勇の声がした。

井戸の近くで振り向くと、母屋のほうから勇が走ってくるところだった。

「丸山くん！　ポンプ！　消火ポンプの水出して！」

清花は叫んだ。手押しポンプの位置を指し、離れに放水しろと伝える。後ろから木村巡査も走ってきた。

「三浦さんたちが中に」

「何だって、そりゃ大変だ」

と、木村は叫び、手動の放水ポンプを引き出した。玄関のポリバケツに雨水がたまっていたので、清花はそれを頭から被《かぶ》ると、煙で真っ白になった玄関へ飛び込んだ。

「清花さん！」

と、勇が叫ぶ。

「庭へ回って、ガラス戸を割って！」

それだけ伝えて煙に潜る。土間、八畳、次が和室、右が廊下。土間、八畳、次が和室、右が廊下。呪《まじな》いのように呟《つぶや》きながら手探りで先へ行く。灰色の煙に燻《いぶ》された室内は、もはやさっきの家ではなかった。痛くて目が開けられないし、息もできない。火事で亡くなる仏さんって、ほとんどが煙を吸って死ぬんです。と、頭の中で消防隊員の声がする。するとご遺体は丸くなる。確かにこれは丸くなるわ、と清花は思い、濡《ぬ》れた服を引っ張り上げて呼吸を止めた。三浦夫妻を呼ぼうにも、声を出せるような状況じゃない。居間に這い上がり、座布団を触って卓袱台《ちゃぶだい》を回り込み、大きく腕を振り回していると襖《ふすま》の縁を摑んだ気がした。

居間を出たわ、この先よ。でも、もうダメかも……割れるように頭が痛み、止めた呼吸をしたくなる。ダメダメダメ、吸ったら死ぬわ。清花は自分を叱咤《しった》して、涙を流しながら目を開けた。そのときガラスの割れる音がして、煙が一気に流れ出し、目の前で赤い炎が上がった。その瞬間、折り重なるようにして倒れている男女が見えた。

「丸山くーん！」

大声で叫んだとき、どこからか水の塊が飛んできた。それが背中を直撃し、うつ伏せで夫妻の上に倒された。洋服の下に体温を感じる。清花は手に触れたものをむんずと摑んで力任せに引っ張った。水は次々に襲ってくるが、床の間のあたりはまだ燃えている。ぐいっ、ぐいっと引っ張ると、あまりに軽くそれは動いた。敷居の位置まで引きずったとき、勇の腕が伸びて救助を替わった。清花はもう一人を助けに戻った。

もはや誰をどういう状態で引っ張っているのかわからぬままに、もう一人を引きずって廊下に転がし、地面に落とした。夫のほうのようだった。

「清花さん、大丈夫ですか、清花さん」

駆け寄ってきて勇が訊《き》いた。

大丈夫よ、と答えたかったけど、目は開けられないし、声も出ないし、何より呼吸が苦しくて、何度も咳《せ》き込み、胃液を吐いた。ドロドロの地面に横たわり、空を見上げて降ってくる雨で両目を洗った。仰向《あおむ》けのままで清花は訊いた。

「二人は？　生きてる？」

雨の中に引きずり出された三浦夫妻は、火傷《やけど》で皮膚がただれていたが、咳き込みながらも目を開けていた。横たわったまま抱き合って、一緒に涙を流していた。木村巡査が無線で救急車を呼んでいる間に勇が消火ポンプを操って、離れの火災は鎮火した。

清花は勇に訊いてみた。

「大学へ行かなかったの？」

木村巡査が夫妻のキズに水をかけている。

勇も自分のハンカチを水で濡らすと、清花の前に来て言った。

「土井さんがやっぱり心配だって、先に駐在所へ寄ったんです。俺はそこで降ろされて、駐在さんと一緒に戻って来たというわけです。何があったんですか?」

そしてきれいなハンカチで、清花の頬に流れる血を拭《ふ》いた。

「血だらけじゃないっすか。それに、その格好」

介抱されることに慣れていないので、清花は勇のハンカチを奪って自分で頬のキズを拭った。ハンカチには血が付いていた。

「わあ、やだ、けっこうザックリいってるかしら? 窓を割ったときに切れたのね」

「手も血だらけじゃないっすか」

「壁を壊したときに切ったのよ」

「無双すか」

「土蔵に閉じ込められたんだもの。たぶん、私を巻き添えにしないためによ」

勇は三浦夫妻のほうを見て訊いた。

「自分たちで火を点《つ》けたんですか?」

二人は木村のそばにいて、今は呆《ほう》けたように俯《うつむ》いている。

「娘の寿々乃ちゃんがお人形になって土蔵にいるのよ。火災後に人の出入りが多くなったから、慌てて二階に隠したんだわ……寂しくないよう玩具《おもちゃ》や本を与えて……あ、そうか——」

最初に土蔵の二階へ上がったときは、座布団や玩具だけがあって寿々乃ちゃんはいなかった。その様子が何かに似ていると思った。何に似ていたのかと言えば、

「――おひな様のように飾っていたの」

離れに人が来そうなときは土蔵の二階に娘を隠し、土蔵に人が来そうなときは娘を離れに隠していたのだ。読んだ形跡のない本や、遊んだ形跡のない玩具、おそらくクマのぬいぐるみだけが寿々乃ちゃんの持ち物で、それ以外はここに来てから買い足した。二人は娘と暮らしていた。食事を与え、衣装を着せ替え……子供は人形が生きていると感じて食事を与えるという本の記述そのままに。けれど、すべては突然終わった。神月鼎から花嫁たちを守ろうとして、偶然にも工房を見つけたときに。

奥さんが肩を震わせて泣き出した。

清花は泥に手をついて体を起こし、立って夫妻の前へ行く。

「母屋の納戸から花嫁を出して、土蔵に移したのはあなた方ですね？」

夫のほうが頷《うなず》いた。

「鼎さんが全部燃やすと言ったんです。寿々乃を連れて出て行けと……そんなこと、できるわけないじゃないですか。どこへ行けばいいんです？　それに、あの娘たちだって……あの娘たちは寿々乃と一緒なんですよ」

「鼎さんの入院中に動かしたんですね？」

「そうです。急いでやりました」

「火事ですが、鼎さんが自分で火を点けたんですか？」

「そうです。半年くらい前から、いずれは燃やす、そろそろ燃やすと言っていて、だからあの娘たちを隠したんです。そうすれば火を点けられないだろうと思って」

「だけど鼎さんは火を点けた？」

夫妻は揃って頷いた。

「今ならわかる。今ならわしらもよくわかる。そのときあれを見たんです。土蔵の奥の……」

「工房ですね」

と、清花は訊いた。二人は身体を縮めてしまった。

「あれを見て……全部理解できました。頭をガツンと殴られて、夢から覚めたようでした……納戸が開かずの間だったわけも……座敷におられた奥さんを納戸に入れてしまったわけも……夜中に変な音がして、鼎さんの叫ぶ声がして、外に出たら真っ赤に火が燃えていて、わあ、やった、と思いましたよ。家内に消防へ電話させ、母屋へ助けに向かったけども、古くて立て付けが悪くなっていて、ダメでした。母屋から、鼎さんの叫ぶ声が聞こえてきました。燃やせ、燃やせ、燃やしてくれ……全部燃やせ、燃やせって……」

鼎の執念を感じてゾッとした。もしかしたら離れも焼けていたかもしれないのだ。

「鼎さんは花嫁を探していた？」

「わかりません。納戸の扉が燃え落ちて、中が空なのに気がついて、それで外へ出ようとしたのか……それとも土蔵から奥さんが鼎さんを呼んだのか……今となってはわかりません。わしらにはもう、わかりません」

奥さんの清見が鼎を呼んだというのなら、そういうこともあり得るだろう。清花は、離れの近くで寿々乃を見たことを考えていた。あのとき夫婦は留守だった。だから寿々乃が外に出ていたはずはない。

「花嫁たちは誰ですか？」

「知りません。ここへ来たときにはもうあって、出戻りなんだと聞きました。時代が変わって、心も変わって、急に出戻りが増えたって……今さら墓には入れられねえし、粗末にできるものでもねえし、誰かに見つかってもことだから、みんな困って返しに来ると……鼎さんは怒って、もう二度とやらないと」

「鼎さんと知り合ったのも、寿々乃ちゃんを連れてきたときですか？」

奥さんのほうが小さい声で、

「知っていたんです」

と言って、うなだれた。

「こちらにそういう家があって、お屋敷の奥さんが人形になっているという噂を聞いて、知っていました。お金だけ積んでもダメだけど、拝み倒せばやってくれると、婚礼衣装を納めた人が教えてくれて……それで寿々乃を……」

「鼎さんへの借金は火事の補償のためではなくて、その分だったんじゃ」

勇が問うと、夫妻は揃って頷いた。

「わしらの寿々乃は脚と顔に火傷して、だから無理だと言われたのですが、それでも、どうしてもとお願いして、これが最後と仕事をしてもらって……そのときは、幸せだったんです。とても死んだようではなくて……」

「幸せでした……でも……」

と、奥さんは、突然大声を上げて泣き出した。

「どうやって剝製《はくせい》にするのかなんて、全く想像しませんでした。あれを見るまでは……寿々乃……寿々乃を……あんな……むごい……」

「娘はわしらを許さんだろうと思います。死んでお詫《わ》びするよりほかにない。せめて寿々乃と同じようにして、燃えてしまいたかったのに……どうして、死なせてくれなかったんです」

ご主人が充血した目で清花を睨《にら》んだ。

清花はさらに前に出て、ご主人の手に自分の手を置いた。

「寿々乃ちゃんです。嘘でなく言いますけど、私、ここで寿々乃ちゃんを見たんです。お二人が郷里へ戻っておられるときに、井戸端の犬柘植《いぬつげ》の木の下に立っていました……思うんです。寿々乃ちゃんはお二人が苦しんでいることを知っていて、私に助けてと言いに来たんじゃないかって。あなたたちが火を点けたとき、『まだ間に合うよ、助けてあげて！』って、子供の声を聞きました。娘の声だと思ったけれど、そうではなくて、寿々乃ちゃんの声だったんだと思います」

夫妻は泣いた。娘を喪《うしな》って以来ずっと押し殺してきた感情を一気に爆発させるかのように。その慟哭《どうこく》は聞く者の心を引き裂いて、清花も泣いた。勇も泣いた。藪《やぶ》のカラスも鳴き出した。灰色の空から雨が降る。

お父さんとお母さんをいじめないで。いじめちゃダメ。

寿々乃ちゃんの声が聞こえる気がした。死者はもう苦しくないけど、その分こちらを案じているのだ。苦しいのも、悲しいのも、生きている人間だけなのだ。

エピローグ

木村巡査が呼んだ救急車には河合隊員が乗っていた。三浦夫妻を車に乗せると、清花は木村のパトカーで、救急車と一緒に病院へ向かった。

頬の傷は消毒をして、手に負った傷は十二針も縫った。痛み止めを処方してもらって待合室にいるとき、土井から勇のスマホに迎えに行くと連絡が入った。

今回の火災については野辺地署から三浦夫妻のところへ捜査員がやって来て、木村巡査は対応に追われ、おざなりな挨拶《あいさつ》をしに来てどこかへ消えた。勇は清花に付き添って、次第に人気《ひとけ》がなくなっていく待合室で時間を潰《つぶ》した。清花は服もズボンもドロドロで、今は勇のコートを借りて、酷《ひど》い姿を隠している。

「あー……今ごろになって傷口が痛い……腰も痛いし腕も痛い……筋肉痛かしら」

ぼやいていると勇が言った。

「火事場のバカ力って本当ですよね。俺、清花さんでわかりましたもん」

「なにそれ、早くしなきゃと必死だったのよ。死ぬつもりだとわかって焦ったんだもの、当然でしょ」

「それですよ。なんでわかったんですか？」

なぜだろう。清花は軽く唇を噛《か》んで、

「……親だから……？」

と、適当に答えた。彼は眩《まぶ》しそうな顔をした。

「スゲえ。壁を壊して外に出てくるなんて、カミキリ虫の幼虫みたい」

「どうして虫に譬《たと》えるのよ」

「いや、それに、体のでっかいご主人もぐいっぐい引きずってたじゃないすか」

「あのときはまったく重さを感じなかったの。熱さも恐怖も感じなかった……でも、今になって体中が痛いわ。三日続けて運動会に出たみたい」

ははは……と勇は小さく笑った。

「サーちゃん、怪我したって？　大丈夫？」

時間外窓口のほうから土井が早足でやって来て、二人を見るなりそう訊《き》いた。いつもの情けない表情が三倍増しになっている。清花は痛々しく包帯を巻いた手を背中に隠して、「平気です」と土井に答えた。

「十二針も縫ったんですよ。あと、体中が筋肉痛だって」

「もう大丈夫です。痛み止めをもらったし」

「たー、のー、むー、よー」

と、土井は自分の両頬を手のひらで押しながら言った。

「サーちゃんに何かあったら、娘さんやご家族に申し訳が立たないよ」

「はい。申し訳ありませんでした」

清花はスッと立ち上がり、土井と勇に頭を下げた。

捜査一課にいた頃ならば、『仕事ですから』と答えてムッとしていたことだろう。でも今は、仕事より大切なことがこの世にあると理解した。刑事の代わりはいるけれど、母親の代わりはいないのだ。雨の中、ドロドロになって抱き合っていた三浦夫妻の泣き顔を、自分は生涯忘れない。泣かなくちゃ……悲しいときには泣かなきゃダメだ。知らないふりで耐えてはいけない。泣いて、悲しんで、ボロボロになって、それから立ち上がるしかないんだと思う。誰でもそうだ。私もそうだ。


キャンピングカーに戻ってすべて着替えた。本当はシャワーを浴びたかったけど、手を縫ったばかりで入浴できない。シャワーシートで体を拭《ふ》いて、新しい下着をつけると、ようやく人に戻れた気がした。

土井と勇の後ろに座って、車は一路青森市へ向かう。土井は清花を飛行機で帰すと言ったけれども、あと一日だけ待って欲しいと清花が頼んだ。

「なんで？　こっちは大方片付いたんだし、あとは勇くんとぼくでやるよ。サーちゃんは娘さんの音楽会でしょ？」

この人は魔法使いか？　と、清花は思った。驚いたのだ。

「知ってたんですか。どうして」

「どうしてって、『チビッコあお虫のうた』の話をしてたじゃない。勇くんとドングリ虫について語っていたとき」

それでどうして日付までわかるのだろう。

「音楽会の練習って、そんなに前からやらないでしょう？　だとすれば今週末が音楽会だよ。違うかな？」

「ボスって、根っから刑事なんですね」

清花は心から感心し、素直に告げた。

「音楽会は明後日《あさって》です」

「ほらね、どうして黙っているかなあ……刑事の代わりはいくらでもいるけど、家族の代わりはいないって、ぼくはサーちゃんに言いませんでしたか？」

清花は姿勢を正して敬礼した。

「言われました。今はしみじみと反省しています」

「ならいいけどさ」

と、土井が言う。けれども清花は続けて言った。

「向こうには明日の夜までに戻ればいいので、もう一軒、行かせてください」

「どこに？」

「息子さんを冷凍していたお宅です。ご両親は進むことも引くこともできずに苦しんでいると思うんです。三浦夫妻と同様に」

勇が振り返って清花に訊いた。

「行って何を話すんですか？　人形のことは絶対に認めないですよ」

「そこを追及するつもりはないの。冷凍の件には一切触れず、人形の専門家として家に行き、神月家で起こったことを話してきたいの。親が年老いて返されてしまった人形たちの話をするわ」

「ああ、なーる……」

と、勇が頷《うなず》く。

「蔵で寿々乃ちゃんに会ったとき、三浦夫妻があの娘を置いて死ぬ気なんだと悟ったとき、私は心がちぎれそうだった……どっちの気持ちもわかったからよ。世界で一番美しいミイラの少女はひとりぼっちで、何のために眠り続けているの？　親も家族もこの世を去って、取り残されて」

「たしかにそうですね」

と、勇は言った。

「親は剝製《はくせい》にできず申し訳ないと思っているかもしれないけれど、息子さんはそれを望んだのかしら」

「どうなんすかねえ」

勇は考え、「俺はイヤだな」と、腕組みをした。

「……だから伝えに行かないと。ここはそういう班でしょう？」

「だね」

と、土井が小さく笑う。

「研究所でスキャンしてもらったら、やっぱり骨が入ってた。一式揃っていたんだよ。恐るべき技術だと教授は興味津々だった。どうやって作ったのか知りたいと言っていたけど、秘密はすべて鼎さんがあの世へ持って行ってしまったからね」

「残された花嫁たちはどうなるんです？」

勇が訊くと土井が答えた。

「骨があるから確実なＤＮＡ鑑定ができると思う。ただし事情が事情だから、このまだと持ち主が名乗り出てくるとも思えない。そんな話を教授としたら、大学で引き受けましょうと言ってくれたよ。大学の倉庫には、あれに勝るとも劣らない品々が、入手経路もわからないまま、山ほど保管されているそうだ」

「大学の倉庫って、そうよねえ」

「そうなんですか？」

と、勇が訊いた。

「そうよ、博物館級の品が揃っているのよ。大学は研究機関だもの」

「でも、それもなんか可哀想な気がしますよね」

「うん。そこで」

と、土井は人差し指を振り上げた。

「佐藤先生と話したんだけど……」

「どうりでちっとも帰ってこなかったはずよね。こっちは燃えたり濡《ぬ》れたりして大変だったっていうのに」

　恨みがましく清花が呟《つぶや》く。土井は首をすくめて「ごめん」と言った。

「万羽さんに協力してもらって、『一般社団法人・人形玩具研究所』のホームページを立ち上げようと思うんだ」

「えええ？　でもそれは今回の潜入のために作ったパチもんの会ですよ」

「勇くんは、パチもんとか言わないの」

　バックミラーに眉根《まゆね》を寄せた土井が映った。

「ホームページを立ち上げてどうするんですか？」

　清花が訊《き》くと土井が言う。

「そこに人形の記事を載せるんだ。もちろん本物の人間で作られていたことは伏せて、旧家の蔵から素晴らしい人形が発見されたということだけを」

「するとどうなるんですか」と、勇が訊いた。

「心当たりのある家が接触してくる……んじゃないのかな」

「あ、なー、るー、ほー、どー」

　清花は土井の口癖を真似た。

「事情を知っている人は慌てて連絡してきますよね」

「そう思う。情報を募る体で窓口を設けて、接触してきたら引き取りを促す。受け取り主のDNAをもらえば血縁者かどうかわかるからね」

「引き取ったその後は？　相手にお任せですか？」

土井はバックミラーの中で清花を見た。

「持て余して返しにきたんだ。持ち帰ってもやっぱり困るだろう。だから地元のお寺か葬祭業者とつないであげる。きちんと天国へ行けるようにね」

雨は次第に小降りになって、対向車のライトがキラキラ光る。

口をつぐんでいた勇が、

「え、それ、もしかして、俺が万羽さんに頼むんですか」

と、突然訊いた。

「ぼくは今回、キャパギリギリの活躍を万羽さんに強制しちゃったしなあ」

「えーっ」

勇は下唇を突き出して、不意に清花を振り向いた。

清花はとっさに腰をかがめて、眠っているふりをした。

「えーっ」と勇はまた言った。

清花は義母《はは》の携帯に電話した。まだ早い時間だったので勉は帰っていないからだ。予定通りに音楽会へ行きますよ、と伝えると、

「あらよかった」

と、義母は大きな溜息《ためいき》を漏らした。

「ちょっと心配していたの。そう、そうよね。部署も変わったんですものね」

信用ないなあと思ったけれど、それは言わずにこう訊いた。

「そういえば、トシちゃんさんの息子さん、いいお相手は見つかったんですか？」

義母は声を潜めて言った。

「それがねえ……まだなのよぅ。トシちゃんに愚痴られちゃって困っているわ。親だけ焦っても仕方がないと思わない？」

「思います」

と、答えつつ、清花は土井や勇を見つめた。

「家庭を持ちたい相手がいないなら、安易に結婚を考えるべきではないと私自身は思います。本当に大切なのはなんなのか、自分で決めないとダメですよね」

「そうよね。私もそう思うわ」

義母と意見が合ったので『爽快《そうかい》』味のグミを食べたかったけど、土蔵のガラスを割

ったとき、グミのケースを白衣で巻いてそのまま土蔵に置いてきた。あそこは放火で警察が捜査中だし、その後のことは返町の指示待ちだ。

「ご自宅ですか?」

頭の上で声がして、見上げると勇が覗《のぞ》き込んでいた。清花はコクンと頷《うなず》いた。

「ママなの? ママー」

かわいらしい声がして、桃香が義母と電話を替わった。

「そうよ。ママよ」

と答えると、勇はニヤニヤしながらヘッドレストに身を乗り出した。

「俺、清花さんの『お母さんの顔』が好きなんっすよね」

と、土井に対して言い訳している。清花は勇に背中を向けた。

「音楽会、行くからね。うん、大丈夫。明日の夜には帰るから……飛行機で」

勇が運転席の土井に言う。

「そうだ。いっそ万羽さんもさそって、みんなで音楽会を見に行きませんか?」

「あ、いいね。子供の音楽会ってさ、笑えるくらいジーンと来るよね。だー、いー、すー、きー」

「ですよね。俺も」

「ちょっと、本気で言ってるの？」

振り返って二人に訊くと、

「ホンキってなんですか？　マーマー？」

と、桃香が訊いた。

「こっちのお話。ママのお友だちがね、近くにいるの」

「桃ちゃん、はーい」

と、大きな声で勇が言った。

「聞こえたー。おともだち、はーい」

と、桃香が答える。車は空港に止めておけばいいから飛行機で行こうと土井は言い、勇は万羽福子にメールしている。

「ねえ、ホントに来るつもりなの？」

「誰が行ってもいいんでしょ」

「いいわけない。家族だけよ」

「広義の家族でいいじゃない。ぼくらとサーちゃんの仲だから」

「どんな仲でもありません」

「万羽さんも行きたいそうです」

土井と勇はハイタッチしている。変な奴らだと清花は思う。

「誰とお話ししているの、マーマー？」

焼き餅《もち》を焼いている桃香に清花は言った。

「お友だちがね、チビッコあお虫見に来たいんだって。音楽会に行きたいって」

桃香はすごいと喜んで、ならミチオくんも見てあげてと言う。

「そうね。みんなで応援するわ」

彼らが音楽会に来たならば、勉や義母にも紹介しよう。閑職に左遷されたのに怪我したことを勉は怒るかもしれないけれど、闘ったのではなくて救ったのだと、そう言おう。そして桃香にこう言おう。ママにもお友だちができたのよ。

桃香はドングリ虫の町を自慢するだろう。勇と勉は話が合って、ドングリ虫談義に花が咲くかもしれない。

電話を切ってもまだ音楽会の話で盛り上がっている土井と勇に呆《あき》れつつ、まったく、なんなんだろうこの人たちは、と清花は思い、ママのお友だちでしょ、と頭の中で桃香が答えた。

捜査や逮捕を旨としない潜入班には捜査情報秘匿の制約がない。それでも今回の捜査の話を、清花は誰にもしないだろう。神月鼎はすべてを抱えて彼岸に渡った。村の人々も何も言わない。今後も決して言わないはずだ。大切な誰かを喪《うしな》ったとき、悲しみを乗り越える術《すべ》は人それぞれだ。だけど、でも、悲しむことは恥じゃない。

清花は土井のキャンピングカーの、ドアの落書きに目を向けた。『しんじこ』とか、『ふじさん』とかの拙《つたな》い文字は、土井が家族と旅行したとき、子供たちがマジックペンで書き付けたものだ。奥さんは去ったが子供たちは立派に成人して、いま、土井のそばには勇や福子や自分がいる。桃香にはお友だちだと言ったけど、友人でなくとも仲間であるのは間違いない。

転ばないように席を移って、清花はそっと落書きに触れた。

消えることのない本物の過去。土井が妻や子供たちと過ごした日々の記憶が、指先から伝わってくるようだった。

to be continued.

参考・引用文献

Anne Frank, *The Diary of a Young Girl*, Bantam Books;Reprint edition, 1993

『ファッションと風俗の70年』婦人画報社　1975年

『口語訳　遠野物語』柳田国男／著　佐藤誠輔／訳　小田富英／注釈　河出文庫　2014年

「スタンリホール博士の人形研究」西山哲治　心理研究　14巻　1918年

「葬送と肉体をめぐる諸問題」長沢利明

国立歴史民俗博物館研究報告　第169集　2011年

大連にあった人体加工工場の元従業員による告白　大紀元　2022年

https://www.epochtimes.jp/2018/04/32382.html

「死後結婚：日本・韓国・中国の比較研究」高松敬吉

比較民俗研究：for Asian folklore studies　10号　1994年

https://core.ac.uk/download/pdf/56629794.pdf

本書は書き下ろしです。
この作品はフィクションであり、実在の人物、団体、事件等とは一切関係ありません。

LIVE《リブ》 警察庁特捜地域潜入班《けいさつちょうとくそうちいきせんにゅうはん》・鳴瀬清花《なるせさやか》
内藤《ないとう》 了《りょう》

角川ホラー文庫　23670

令和５年５月25日　初版発行
令和５年９月５日　３版発行

発行者――山下直久
発　行――株式会社KADOKAWA
〒102-8177　東京都千代田区富士見2-13-3
電話 0570-002-301（ナビダイヤル）
印刷所――株式会社KADOKAWA
製本所――株式会社KADOKAWA
装幀者――田島照久

ISBN978-4-04-113563-1　C0193

◆◇◇